敬启，料理之神

到海边，进山里，去森林，在小镇

［日］小川糸 著

吕灵芝 译

中信出版集团 | 北京

图书在版编目（CIP）数据

敬启，料理之神：到海边，进山里，去森林，在小镇 / （日）小川糸著；吕灵芝译 . -- 北京：中信出版社，2022.8

ISBN 978-7-5217-4377-7

Ⅰ．①敬… Ⅱ．①小… ②吕… Ⅲ．①饮食—文化—日本—文集 Ⅳ．① TS971.203.13-53

中国版本图书馆 CIP 数据核字 (2022) 第 077885 号

敬启，料理之神：到海边，进山里，去森林，在小镇

著者：　　[日]小川糸
译者：　　吕灵芝
出版发行：中信出版集团股份有限公司
　　　　　（北京市朝阳区惠新东街甲4号富盛大厦2座　邮编　100029）
承印者：　北京联兴盛业印刷股份有限公司

开本：787mm×1092mm　1/32　　印张：6.5　　字数：116千字
版次：2022年8月第1版　　　　　印次：2022年8月第1次印刷
京权图字：01-2022-2237　　　　　书号：ISBN 978-7-5217-4377-7
定价：59.00元

版权所有·侵权必究
如有印刷、装订问题，本公司负责调换。
服务热线：400-600-8099
投稿邮箱：author@citicpub.com

到海边，进山里，去森林，在小镇

『我开动了。』　『真好吃。』　『多谢款待。』

今天我们依旧听到，四周充满了邂逅奇迹的欢声……

那里一定有『料理之神』的得意门生。

他们用心做出的美食，

在小小的餐桌上，换来人们幸福的笑容。

为了与这些得意门生来一场美味的邂逅，

我踏上了寻觅各种『食堂』的漫长旅程。

前言

母亲那熟悉的手艺，

日常的三餐，

盛装前去的法国小餐馆的菜品，

在陌生土地上尝到的罕见食材。

好吃的饭菜，

都是『料理之神』的馈赠。

来自大地、海洋与天空，还有人类，

融入了所有恩惠和感怀，

被送进我们的口中。

这就是——奇迹般的邂逅。

IV

目录

v

它由可爱的边银夫妇共同经营，

名字就叫『边银食堂』。

边银爱理无所不知，

对石垣岛的美味如数家珍。

光是跟她交谈，

肚子就会越来越饿，

这真不可思议。

◎ 冲绳县石垣岛

南国岛屿的幸福工厂

——边银食堂

这次是我第二次造访石垣岛。上一次来到这里，还是二〇〇八年三月。当时我正在为《蜗牛食堂》取材，忙得不可开交。那回我不仅是第一次来到石垣岛，也是第一次踏足冲绳，那是一场单独的旅行。

当时最大的目的，就是到边银食堂看看。我在食堂附近找了家廉价旅馆落脚，那天中午吃了炸酱荞麦面和店里有名的五色岛饺子，晚上则享用了"哲饭"。那是一个让人幸福的地方，堪称"幸福工厂"。

从外面看边银食堂，它整体散发着让人油然欣喜的气息。满怀期待打开店门的瞬间，传来厨房制作料理的声音，热闹非凡，还伴随着勾人馋虫的香气。在这里，做饭的人为每一位顾客考虑，而顾客将全身化作肠胃，享受被端上餐桌的美食。连接厨房与顾客的跑堂也对每一盘料理心怀骄傲，让做的人和吃的人都面露欢笑。得知日本南国的小岛上有这么一个美好的食堂，我感到格外高兴。

机缘巧合，几个月后，我在东京与边银夫妇正式会面。

"边银"是真实的姓氏。来自中国西安的晓峰先生与日本东京出生的爱理女士结婚，几年后晓峰先生申请归化，两人提出使用晓峰先生的姓氏"崔"，但是日本政府没有承认，于是两人反复探讨，想出了"边银"这个意义非凡的姓氏[1]。当时，全世界姓"边银"的人只有他们两个。七年前，他们家里多了"小企鹅"阿道，三人组成了世界上唯一的边银家族。

　　当时，我单方面感到自己与爱理女士是命运的邂逅。明明是第一次见面，我却对她有种相识已久的感觉，甚至近乎迷恋。

　　在《蜗牛食堂》里，出现了几处主人公伦子与"料理之神"对话的场景。而在爱理女士写的《企鹅夫妇创造的石垣岛辣油》一书中，也出现了"料理之神"的表述。

　　我在厨房做饭时，也曾感受到"料理之神"的存在。触摸食材、嗅闻食材的时候，食材本身会提示最好的烹调方法。这是非常感性的东西，很难用言语来形容，但我的确会听到不知从何处传来的声音。我称其为"料理之神"，并且有许多同样能感知到"料理之神"的同伴。

　　所以，这场旅行就是去寻觅那些被"料理之神"选中的得意门生。

1　"边银"是晓峰先生用妻子最喜欢的"企鹅"取的谐音姓氏，二者的日语读音皆为"pengin"。

我与爱理女士在石垣机场顺利重逢，第一站就是去采野菜。其实我很难把采野菜跟冲绳联系在一起，但是石垣岛也能采到很多野菜，而且它们与我生长的日本东北地区的野菜在种类和造型上都大不相同。我到达时，正好是采摘琉球蓟菜的时节。

爱理女士给我看了琉球蓟菜的模样。它的叶子像尖尖的锯齿，摸起来很硬，全身散发着凶暴的气息，仿佛在怒吼"不要靠近我"，大小与成人的手掌相仿。但是爱理女士说，这还是蓟菜里的"小婴儿"，真正长大的蓟菜光是一片叶子就有人的手臂那么长。

爱理女士说："好不容易长出来的，都摘了多可怜啊。"所以她会在每一株蓟菜上挑选几片叶子，从根部掐断。其实什么事都一样，贪心则过。

我们边采边走，收获了不少刚生出来的琉球蓟菜叶片，途中还见到了长叶肾蕨，就也采了一些。我们只采叶尖上刚冒出来还没舒展开的柔嫩新芽，它的形状很像发条。我们决定把这些都用到第二天的"哲饭"里。

遗憾的是，现在岛上已经没什么人会采琉球蓟菜和长叶肾蕨了。人们渐渐将它们视作杂草，许多年轻人都不知道该怎么吃它们。爱理女士还是从岛上手艺出色的老奶奶那里打听到了它们的做法，后来才把它们加进了边银食堂的菜单。

我想，也许只有外来人能真正看到本土之物的好处。地球上到处都隐藏着闪闪发光的宝贝。

这次我定下了三天两夜的旅程，目的就是每一餐都在边银食堂吃。爱理女士说："石垣还有很多好吃的地方哦。"但是，这次我只想用边银家的饭填满我的身心。

在厨房大显身手的人，实际上是专业厨师吉冈哲生，人称"阿哲"。他被石垣岛的食材吸引，与家人一起移居到了当地。

我和边银夫妇一同落座，头一道菜是苦瓜和泡盛酒制成的雪葩。只消吃上一口，今早即将乘坐满员电车前往羽田机场的压力，以及与下一部作品有关的焦躁都一扫而空。我恨不得紧紧抱住爱理女士，感叹自己千辛万苦来到边银食堂真是太值得了。

那一顿饭，我不知喃喃了多少次"好幸福"。每一盘美食都是来自石垣岛的山海之珍，里面还融入了边银夫妇、阿哲以及石垣岛辣油姐妹的深厚感情。

爱理女士的名字里有个"爱"，它原本的意义是"饱腹的舒适"。尽管还存在很多种说法，但当我听到爱理女士这样说时，顿时觉得很有道理。

饱腹的舒适确实能生出爱意和安稳。只要填饱了肚子，就不会有争端。我认为，引导人类走向和平的一定是食物。爱理女士也有同样的想法。正因为如此，食物才这么重要。

第二天，爱理女士开车带我去了平久保崎灯塔。灯塔位于一座可爱的圆溜溜小山包的另一头，再往前就是一望无际的大海。那里的风带着美好的气息，大海的颜色随着光线不断变化，就像万花筒中的景象。

回程中，爱理女士说要带我去吃可口的冰激凌。我们刚停下车，远处的大屋里就有人听见车门关闭的声音后跑了出来。她就是小店的店主小山内女士。

据说她独自从东京来到这里是为了养牛。现在她养了四头娟姗牛，还在一台房车里经营着小店"贝贝"，平时住在小小的牧场里。她家的牛只吃真正安全放心的饲料，产出的牛奶自然也充满了幸福的味道。昨天在边银食堂吃的杏仁豆腐也用了这里的牛奶。

舔一口冰激凌，我尝到了大草原的清香。没想到，我在这里也找到了"料理之神"青睐的弟子。中午，我们回到边银食堂，午饭是海岛鱼糕拌木耳，还有腌肉荞麦面。

不知为何，跟边银夫妇待在一起，我有种格外满足的心情。在跟他们相处的过程中，我发现这对夫妇特别重视人与人的交往。如今声名在外的石垣岛辣油就使用了岛上老爷爷老奶奶精心栽种的食材，一心只为了让尝到它的人满心欢喜。

正因为如此，无论是瓶子还是标签，抑或是封口绳都尤为讲究。肯定有很多人渴望取得这样的成功，或者试图开发类似产品赚大钱。可是，无论在外表上如何模仿，都无法达到同样的效果。其实，真正的宝贝都沉睡在我们脚下呀。

右上：店里出名的五色岛饺子。饺子皮使用红甜椒、菠菜、秋姜黄、墨鱼汁着色，馅料则是海岛藠头、蒜叶、茴香、海岛胡萝卜，这些都是岛上出产的食材。左下：边银食堂的员工。这个厨房送出了许多欢笑和幸福。

第二天的晚饭也是"哲饭"。

每一道菜都让人忍不住起立鼓掌，拼命喝彩。其中，用石垣岛梭子蟹做的椰果咖喱煮堪称一绝。光是写下菜名，我就恨不得立刻奔赴石垣岛的边银食堂，回到窗边的座位。

昨天采来的琉球蓟菜成了醪糟炒猪肉的材料。爱理女士曾说："你下次见到蓟菜，肯定会犯馋。"结果正如她所说，琉球蓟菜的口感类似偏细的蜂斗菜，味道上乘。

把一并采摘回来的长叶肾蕨做成了田芋可乐饼的配菜。田芋也叫水芋，用高汤搅拌成泥，包上酥脆的面衣，可谓滋味十足。全身每一个细胞都为它发出了欢呼。

吃饭的时候，我发现一件事：只要吃到美味，无论多大的人都会露出孩子般的表情。吃完点心番木瓜，我已经彻底成了小孩子，捧着装满幸福的肚子。

最后一天，我们去竹富岛散步了。

海参海滩（Kondoi Beach）上没什么人，只看到一对年轻情侣在戏水。我一边欣赏着那番光景，一边享用前天的甜点厚皮橘。那是冲绳岛山原地区出产的柑橘，酸酸甜甜，美味多汁，还有很大的籽儿。

厚皮橘的味道跟我那一刻的心情有点儿像。一直写小说很不容易，但我心里憋着一股劲儿，想坚持下去。看着大海渐渐变幻的色彩，我开始呆呆地构思下一部作品。

听说竹富岛有一位料理手艺特别好的老奶奶，我们就到店里看了看，还求她赏了几个沙翁来品尝。沙翁表皮酥脆，内里柔软，吃进嘴里甜甜蜜蜜。看来这位胜子奶奶手艺真的很好。我又发现了"料理之神"的爱徒。

回到边银食堂，吃最后一顿午饭。

用奥利恩啤酒干杯，主食是地豆担担面。地豆指花生，石垣岛的花生多的时候一年能采摘三次。制作担担面时，将花生碾碎代替芝麻，所以口感很清爽，风味与众不同。

吃完了还有些意犹未尽，就多点了一份寒天甜品。饭菜全部光盘，我又变得精神饱满了。

我觉得，爱理女士就像一棵长满了果实的大树。晓峰先生躺在"树"下，每一刻都在为爱理女士输送营养。无论怎么吃，爱理"大树"上的果实都源源不绝，如果别人真的需要，爱理"大树"甚至会把自己的枝叶贡献出来，让周围的人得到更多幸福。

坐在石垣岛飞往那霸的飞机上，我陷入了无尽的寂寞。下次我要策划一趟时间更长的旅行，多吃几口边银家的饭。我还想去看山看海，在满月之夜的西表岛捕虾。与人亲近是一件既让人高兴又让人难过的事情。我感到身心的每个角落都浸透了"长生之药"[2]。

---

2 意为养生的美食。

葡萄有了随心所欲的味道

——可可农场酒庄

距离东京约两小时。

凉风习习的山丘之上，布满了用心血与爱栽培的葡萄田。

饱满的葡萄承载着培育之人的信念，最后被酿制成芳醇的葡萄酒。

美酒与笑容，让身体也充满了温暖。

不知为何，每次来到可可农场，我都会感受到沁人心脾的风渗透身体的每个角落。站在山脚下，抬头眺望远处的葡萄田，我不禁由衷感叹：回到这里真是太好了。

　　可可农场是我的心灵乐园。这一年，我第二次来到这片葡萄田，就是为了见见可可乐觅学园的学员。

　　这天气温很低，但是晴空万里。陡峭的葡萄田里，每年收获时间最晚的诺顿葡萄还被包裹在亮晶晶的透明伞罩里，沐浴着阳光。

　　初春时节，我收到了来自可可农场的珍贵礼物。打开纸箱的瞬间，一股麝香葡萄汁的清香扑鼻而来。仔细一看，箱子里铺满了绿油油的美丽葡萄叶。那是初春疏芽作业后摘下来的新芽，箱中附带的便条还说这种新芽做成天妇罗特别好吃。我很快就洗净新芽，裹上面衣下锅炸了，它口感微苦，伴随着一丝酸味，果然绝妙。后来我才意识到，嫩芽之所以能这样吃，正是因为农场没有使用任何除草剂和防虫剂。

　　可可农场的葡萄田里生长着许多种类的杂草，若是用了除草剂，就能将其完全去除。可是那样一来，学员就没有了工作。半个世纪前，可可农场开垦那片葡萄田的初衷，就是给无法融入社会的残疾孩子提供源源不绝的工作。当时选择的土地，正好是适合栽种葡萄的侏罗纪干燥地层。

地里长了杂草，就会引来许多虫子，有了虫子，就有了吃虫的鸟儿。如此一来，孩子又有了剥开树皮驱除虫害和赶走鸟儿的工作。工作的本质就是如此。正如葡萄藤没有周休两天的待遇，人的工作也无穷无尽。

我很快就找到了池上知惠子女士，让她带我参观葡萄田。池上女士是可可乐觅学园园长川田昇老师的女儿，目前负责运营可可农场。

红葡萄酒是用葡萄皮与葡萄籽一起酿制的酒，所以葡萄果实会连同种子一起留在藤上，直到完全成熟。今年，他们也在坚持，部分品种一直留到十一月中旬都没有收割。其中一些葡萄已经放干了水分，如同葡萄干。我摘下一颗品尝，果皮与果肉都十分甜美，种子像杏仁一样又香又脆。说句理所当然的话，只有好吃的葡萄，才能酿出醇美的葡萄酒。

葡萄最大的天敌就是乌鸦，我们也参观了"乌鸦战士"小峰君的工作现场。地里大多数葡萄已经收割完毕，小峰君要看管的只剩下披着亮晶晶伞罩的诺顿葡萄。

刚开始栽种葡萄时，有人提议到外面收集别人不要的乐器，

放在地里奏出声响以驱赶乌鸦。但是学员反馈，乐器的响声反倒会吸引乌鸦过来倾听，因此他们最后放弃了这个想法。现在，他们只用专门的树枝（鼓槌）敲击空罐（鼓）来驱赶乌鸦。节奏时快时慢，时而配上歌声，警告前来猎取葡萄的乌鸦。

这份工作小峰君已经做了整整十八年。无论寒冬还是酷暑，他都坚持不懈。如果只做一天，可能会觉得很轻松，但是真要坚持下来，却万分不易。能做他人做不到的事情，这说的就是可可乐觅学园的学员。小峰君高兴地说着"明年也要加油"，便结束了当年最后的工作。

在可可农场，完全使用附着在葡萄皮表面的天然酵母酿制葡萄酒。因此，就算是用同样品种的葡萄酿制的葡萄酒，每年的味道也会有所不同。这就是所谓的"让葡萄拥有随心所欲的味道"。食物本应如此，但是最近连这样的"理所当然"都不再是理所当然。人类为了方便自己而改变自然，这真的能称为智慧吗？

话虽如此，但并非一切任凭自然，而不施加任何人为影响。为了让葡萄长得枝繁叶茂，学员每天都在努力为它们创造舒适的生长环境。有时遇到发酵情况不理想的酒桶，他们还要为之裹上电热毯加温。总之，可可农场到处充满了人性的幽默与温暖。

目前，可可乐觅学园大约共有一百四十位残疾学员，其中约九十位学员共同生活在疗养院中。有的学员到达这里之前，在外面吃了很多苦。因此，学员看到自己的劳动创造了价值，酿成了质量极高的葡萄酒，全都骄傲不已。然而，他们都有着深沉寡言的性格，绝不会到处炫耀这件事。池上女士私底下说，学员都是专业人士。他们从不炫耀，只会将那份骄傲藏在心里。

池上女士带我去了一个杉树林环绕的僻静之地。那是一块小小的墓地，墓碑上刻着"在这里生活工作过的人们"以及二十三名学员的姓名。可可乐觅学园走过了将近半个世纪，越来越多无家可归的学员在这里走完自己的人生。那块墓碑周围，还有人们亲手制作的小猫小狗甚至小鸟的可爱墓碑。这里记录了许多降生在这个世界上，拼尽全力过完一生，最后消逝的生命。那些印记虽然微不足道，但始终留存。

取材结束后，我与池上女士共进午餐，品尝着为每一道餐点精心搭配的葡萄酒，眺望蓝天下一望无际的葡萄田，远处传来了小峰君"演奏"的乐曲。时至下午，风变得更凉了。

我正品尝着盐烧大虾，人称小吉的一个高个子男士走了过来。他看见我们正在吃饭，便高声唱起了《和你永远在一起》。中途又有好多人加入，成了大合唱，我们被包围在幸福的笑容中。孤独症、唐氏综合征、智力障碍——以病名把人分类极其简单。可是，世界上有各种各样的人，不是更好吗？我认为，大家没必要都一样。这里的小吉，还有其他人，个个都是独特又开朗的人啊。

一年初夏，天降冰雹，把葡萄都打坏了。老师见状都倍受打击。但是我听说，学员只留下一句"明天继续加油"，就又像平时那样睡下了。他们也许天生就明白，如果天要下冰雹，人也无法制止，就算人再怎么受打击，结果也不会改变。

今天，学员也把骄傲藏在心里，安静地面朝大地。冬天要施肥，调养土地，然后安静等待来年的果实。

产自地球的天然冰，
琉璃般透亮。吃下一口，
清爽和甘甜瞬间渗透。
地球味的刨冰，
是让人心生暖意的神奇刨冰。

地球味的刨冰

——阿左美冷藏

埼玉县秩父郡长瀞——近一百二十年来每年都在生产天然冰的阿左美冷藏就开设在这里。该冷藏成立于明治二十三年（一八九〇年），目前由第五代传人阿左美哲男负责经营。每年夏季，人们都会慕名前来，尝一口由天然冰制成的刨冰，刨冰日均消费人数上千。

　　天然冰就是利用寒冷天气自然结成的冰。制造美味的冰块，需要足够寒冷的冬天，以及富含矿物质的好水。换言之，这种冰需要的是健康的地球生态。

　　我很快就踏上了前往天然冰制作现场的行程。顺着隐约可见的车辙，在细长的山路上行驶几分钟，就看见了位于山腹的水池。这里的正确名称叫制冰池，是第二代和第三代经营者于昭和六年（一九三一年）修建的设施。制冰池长十五米，宽二十米，深八十厘米，共有三层，结构类似梯田。

　　繁盛时期，除了有位于本野上的这个三层制冰池，隔了一座山的山根泽还有一个制冰池，两个制冰池合计八层。但是随着昭和时代三十年代电冰箱的普及，天然冰的需求骤然减少。

如今包括阿左美冷藏在内，日本还在生产天然冰的地方只剩下三处。

制作天然冰也有一定的工序。首先要在十月上旬，除去生长在制冰池周围的野草，做好环境清洁工作。然后要让春夏期间抽空了水的制冰池重新蓄水，清扫水池。清扫时要换好几遍水，把底面和壁面仔细洗刷干净，去除污渍。等到十二月二十日前后，树叶已经落尽，才能正式蓄水，静候天气转冷。

这座制冰池的水源是高野原的伏流水。掬起一捧品尝，一月里的水冻得手指瞬间失去了感觉。尽管如此，含在口中的水仍然温润柔和，带着一丝清甜。我脑中顿时冒出了"甘露"二字。

然后，我亲眼看到了用这种天然水制成的阿左美冷藏冰块。它因为结晶很大，没有容纳污物的缝隙，所以看起来就是近乎透明的状态。据说，这种冰块的纯度可媲美三百万年前的南极冰。

这里遵循着从第一代流传至今的纯粹制冰法，坚持不懈地制作天然冰。可是现在，遵循自然规律的制冰循环系统发生了变化，其原因在于地球温室效应。十年后，天然冰有可能从世界上彻底消失。

阿左美冷藏保留着上一代经营者留下的宝贵资料。哲男先生大约在十七年前继承了家业，他的父亲——第四代经营者吉

雄先生从一九六〇年起，每年一月和二月都会记录每天清晨六点的气温，一直坚持到一九九〇年。这些记录反映了温室效应的发展状况。

与吉雄先生开始记录的一九六〇年相比，长濑的冬季平均气温竟升高了三点五摄氏度。一想到体温升高三点五摄氏度的后果，就很容易发现地球正在经历何等糟糕的变化。

上一代经营时，零下十二摄氏度到零下十摄氏度的严寒天气每年平均有二十天，每两年会有一次十二月结冰的情况，一个冬季能够完成两次采冰。

但是到了哲男先生这一代，整整十七年间，每年零下十摄氏度以下的日子只有三天，每年冬天只能采一次冰。可以说，哲男先生亲身体会了温室效应的影响。

冬季育冰期间，哲男先生每天早晨会与爱犬一道前往冰池工作。虽说是依靠自然之力育冰，但那并不意味着人就可以袖手旁观。

凡是与自然相处，人都需要具备分辨自然变化的能力，以及绝不轻易出手的忍耐力，制作天然冰也不例外。唯有时刻把握冰的状态，在适当时机给予恰当的辅助，才能生产出透明度极高、宛如蓝色宝石的好冰。

据哲男先生的讲述，冰就像生物一样。但是仔细一想，既然水是生命体，那么冰也可以说是跟我们一样拥有生命的东西。

在零下五摄氏度的环境中，冰每天能够成长一厘米。最初结成的薄冰含有较多杂质，人需要把杂质排除后丢弃，等待水再度结冰。等到表面完全结冰，就要拿着长柄刷清扫冰块表面的落叶和灰尘。冰层厚度要达到五厘米才能支撑人的体重，在此之前人无法进行冰上作业。而这项作业每天要做好几次，劳动强度极大。

水结冰会膨胀，为了防止制冰池受压破损，每天早晚还要切割冰层边缘，并将碎冰捞出来。

要制成高纯度、高透明度的冰块，首先要确保其成长阶段没有雨雪。秩父盆地曾经能满足这个条件，但是受到温室效应的影响，到了哲男先生这一代，突然天降大雪的情况越来越频繁。每当那时候，就要全家人连同街坊邻居齐出动，彻夜清扫积雪。

在自然与人的合作下，冰块终于"发育"到十五厘米的厚度，可以切割了。切割出来的每个冰块重达五六十千克，然后被运送到阿左美冷藏的金崎总店入库贮藏，静待春季开张。

"今年的冰是五年难得一见的好冰啊！"哲男先生这样说。我扛起一勺雪白松软的冰沙，按捺着激动的心情含入口中。冰沙在舌尖上悄然化开，宛如上等的冰棉。神奇的是，刨冰虽然很凉，却有种温暖的回味。

一次，店里来了一位客人，提出想打包带走阿左美冷藏的刨冰。店员发现那位客人表情急切，便问其缘由，原来客人家里有一位临终的老奶奶，想尝一尝长濑的刨冰。虽然不知道那个愿望最终有没有实现，但我很理解老奶奶的心情。这碗正宗的天然刨冰，润物无声，能给哪怕不适的身体带来一丝滋养，治愈心灵。

每吃一口刨冰，我都有如梦似幻的心情。冰糖与和三盆糖混合制成的浇汁清甜美味，渗透绵软的冰沙。为了让患有过敏症和哮喘的客人也能放心享用，阿左美冷藏一直都在开发各种使用天然素材的糖浆。

寒冬之下，我品尝着细腻温柔的刨冰，突然发现了一件事：刨冰本来就是像哲男先生那样勇敢面对残酷的大自然，通过努力和忍耐，从冬天带回来的宝贵礼物呀。

能登最小的酱油店

——鸟居酱油店

这里是老店成排坐落的一本杉大街。

『哎呀，欢迎光临。』

掀开暖帘，就会看见娇小活泼的老板娘，用迷人的笑脸迎接你。

能登最小的酱油店充满了活力，诱人的大豆香味与欢快的笑声，向路上的行人发出了『快来，快来』的邀请。

石川县七尾市——这里有一条古老的商店街，保留着传统的市井风光。它就是一本杉大街。

大正十四年（一九二五年），鸟居酱油店在此地开业。因为酱油店前老板的儿子当了医生，店铺后继无人，现在的老板作为其亲戚就得到了所有器材。在成酱油店之前，这是一家和果子店，再往前，则是一家杂货店。

"这里原本是做和果子的，所以地方很小，加上住人的地方，也只有六百多平方米。在这么小的地皮上只能开特别小的酱油店。但是正因为这样，这里在经济高速增长时期也没有实现机械化，现在反倒成了稀罕物。"

现在经营鸟居酱油店的人，是第三代经营者鸟居正子。鸟居家每代都是女性继承家业，正子女士的丈夫贞利先生是一位普通白领。

这天正好在做酱油麹。作坊里有一口大锅，靠柴火控制火候，煮着一锅大豆。柴火都是搞建筑的朋友送给她的废料，煮豆子用的水则是从地下打上来的井水。

现在，许多酱油店都在外面采购酱油麹，但是鸟居酱油店依旧遵循传统方法自己制作酱油和味噌。鸟居酱油店说的"加工"，就是加工酱油麹，换言之，这里跟普通酱油店的起点就不一样。

所谓酱油麹，看字面就知道，它的原料是麦子。首先将能登出产的小麦炒熟并碾碎，水煮并冷却后混合大豆搅拌，最后加入麹菌便完成了。

趁着混合好的材料还有一点儿余温，要赶紧把它放进一种木制容器中，并储藏在酱油麹专用的房间里。经过四天发酵，酱油麹就制成了。在里面加入能登产的盐，还有鸟居家的井水，然后将其倒入醪房里的杉木桶熟成两年，就能得到浓稠的酱油醪。

用麻袋装起酱油醪，放进压榨机压榨，就能得到生酱油。再用和式大锅进行加热，停止微生物和酶的发酵，同时调节香味。最后装进贮藏桶，静静等待其沉淀，再装瓶贴上标签，就制成了正宗的鸟居酱油店的酱油。

从制麹到装瓶、贴标，一切工作完全依靠开业至今一直使用的古老工具，全程手工作业。

无论是哪一道工序，正子女士都特别重视"手"。

"不是说人的手上长着眼睛看不见的东西吗，所以我在混合小麦和大豆时，一定会用手操作。肚子痛的时候，用手心一捂，

正子女士正在混合煮熟的大豆、炒过的小麦
和麹菌，旁边帮忙的是小隆。因为经常接触
麹菌，手部皮肤特别光滑。

疼痛就会减轻。由此可见，人的手拥有不可思议的力量。"

正子女士站在台子上，用手混合小麦与大豆，脸上带着格外平静的表情。我问她在想什么，她告诉我，有时什么都不想，有时惦记家人的健康，有时又会想那个人（丈夫）退休后该怎么生活。对与酱油相关的人的思念和记挂，都通过双手传给了大豆和小麦，并最终酿成鸟居酱油店独有的风味。

搅拌好大豆、小麦和麹菌后，正子女士会轻轻合掌，闭上眼睛，默默祈祷这次能做出好麹。即使没有科学依据，这些随性而为的小小仪式，或许也会给麹带来好的影响。

二〇〇七年能登发生地震灾害时，正子女士第一个想到的就是醪房和上一代经营者——她的外婆。那天本是起锅煮酱的日子，但正子女士恰好担任了同学会的组织者，因此没有工作，从而逃过了一劫。后来她得知醪房没有被损毁，外婆也抱着家里的顶梁柱活了下来，就顿时松了口气。

那座躲过了明治时代两度席卷七尾的大火、挺过了能登半岛地震的土藏醪房，就像礼拜堂一样，弥漫着神秘的气息。

光线透过小窗洒在房中，酱油醪都在里面静静地发酵。附着在墙壁上的细菌能够促进发酵过程，因此这里并不需要很多人工操作。可以说，这座库房里也充满了看不见的力量。

制作酱油基本上是重复性工作，就是根据季节制作酱油麹、加工酱油醪，最后榨汁装瓶。全程手工操作可是一项繁重的劳动。正子女士当年看到上一代人劳动的身影时，曾经感叹自己绝对做不到。

正子女士年轻时在金泽生活过一段时间。有一次，她问在能登务农的母亲："好玩吗？"母亲回答："当然啊。"当时，正子女士并不明白母亲的意思。

但是大约四年前，正子女士正在麹房干活时，突然想起了这件事。那一刻，她总算理解了母亲的话。

"我觉得自己问了个蠢问题。"

正子女士这样说道。种地和做酱油同样是重复性劳动，但也会有一些不同之处。此外，做酱油让她接触了普通白领的妻子永远了解不到的知识，还让她认识了许多只有开酱油店才会与之有交集的人。所以她现在认为，做酱油真的很快乐。

正午时分，正子女士的好朋友阿国为我们准备了一桌拿手的能登美食。地图上的能登外形很像微微弯曲的左手拇指，内侧是海湾。七尾所在的内海一侧与轮岛等地的外海一侧有着截然不同的饮食文化。能登看似很小，其实跨度很大，因此内涵丰富。正子女士是在靠近外海的地方长大的。

海藻涮涮锅就是外海最具代表性的春季美食，配料包括我很喜爱的鸟居酱油店自制"高汤鱼露"与辣椒粉调成的蘸汁，可用来蘸烫好的海藻。原本带点儿褐色的海麻线和裙带菜一浸到蘸汁里，就变成了鲜艳的绿色。

鸟居家在制作酱油麹阶段常吃的大豆炸什锦也让人口水直流。用大豆来做炸什锦的想法本身就很新鲜，而且刚出锅的大豆口感松软，味道浓郁，炸出来的成品又香又脆。当然，搭配鸟居酱油店的酱油就更好吃了。据说正子女士小时候也经常吃这道菜。

　　除此之外，还有产酒地七尾常见的使用当地特有蔬菜中岛菜的酒糟拌菜，酱油拌野萱草（俗称黄花菜），以及正子女士引以为傲的土锅饭。我甚至尝到了春天会沿河而上的小虾虎鱼。除了满桌的能登特色菜，连饭后甜点都是鸟居酱油店特制的醪糟冰激凌。

　　酱油是日本人餐桌上不可或缺的调味品。鸟居酱油店制造的每一滴酱油，都浓缩了正子女士和所有相关人士满满的信念与关爱。

伊吹山风拂过伊吹町。

一座古老的旅馆中，

竟开了一家法国餐馆。

刺身、乌冬、盐烧香鱼……

这对夫妇熟知当地的美味，

所以这里的法国料理也充满伊吹特色。

每天只接待一桌的餐厅

——贝尔索餐馆

贝尔索餐馆，位于滋贺县米原市琵琶湖东北方向。

松田光明先生担任主厨的贝尔索餐馆，开在名为"瓢箪屋"的古老旅馆中。这里是他夫人美穗子的娘家，美穗子女士的父母曾在这里经营料理旅馆。

进门就能看到一缸金鱼，门厅摆放着按摩椅和大电视，充满了往日古老风情。而且当地人直到现在都在这里举办婚丧嫁娶仪式。负责出品料理的，正是松田主厨。

据说，只要客人想要的他会做，他就什么都做。镇上的人还时常找他定做便当。当地流行曲棍球，他就接过"一百份曲棍球加油便当"的订单。这时候，美穗子女士会在纸上画出便当设计图，每次都专门设计应景的图案。正因为有了瓢箪屋的这些工作，每天只接待一桌客人的贝尔索餐馆才能一直开下去。

对松田夫妇来说，无论是八百日元的瓢箪屋便当，还是一万日元的贝尔索餐馆套餐，只要客人吃了开心、幸福，那就都一样。

我在瓢箪屋门口脱下室外鞋，换上拖鞋，被带进了贝尔索

36

餐厅。里面烧着伽罗薰香，空气清新宜人。一扇纸门相隔之处，便是野趣十足的庭院。

松田先生说，起初开店时从未想过把现成的和式房间拆掉，重新修建西式房间。确实，两间和室里随处可见日本传统住宅的优良之处。墙壁是考究的土壁，纸门用了近江的手漉和纸。荧光灯与白炽灯组合照明，演绎出白昼与黑夜两种光线。就连音响器材都格外讲究，为了不影响用餐，要让音乐的旋律自然地融入身心，而不是从耳朵进入身体。

室内还装饰着野花野草，一切都意在效仿自然，让客人通过五官来感受大自然的恩惠，因为自然就是地球发出的信息。

贝尔索餐馆已经经营了十八年，经过许多试错，才发展成现在这种风格。经营者真挚的态度，透过每一滴水、每一粒盐传达给我们。松田先生话并不多，但是他多年来的讲究，都体现在每一样食材中。

曾经，松田先生也为自然的伟大所倾倒，连放一撮盐都会心生犹豫。但是就在那时，他尝到了野生鱼与伊吹山葵的刺身，还有姊川盐烧香鱼的美味，这让他学到了身为人类烹饪天然食材的意义。海鱼配山葵，河鱼配盐，这些都是唯有人类才能完成的搭配。那么，这不正是厨师的工作吗？正因为这样，他才不再拘泥于法国料理的前菜，开始用刺身充当前菜，因为这是伊吹当地的自然吃法。

树下有涌泉，自然生长了豆瓣菜。这是春秋
两季每次只能吃一个星期的奢侈美味。山葵
也是贝尔索餐馆至为重要的食材之一。

当然，在找到这种风格之前，松田先生也有过无数的烦恼与纠结。有段时间，他过度拘泥于自然，在野草都不长的冬天，连装饰餐桌的花都没有。但是现在不一样了，因为他已经形成了"尽人事听天命"的态度。

美穗子女士始终扮演幕后者的角色，即使当天的客人带有明显的目的，她也会尽全力为之服务。若是结婚纪念日，她会祝福夫妻俩一生幸福；若是恋人约会，她就会由衷祈祷有情人终成眷属。美穗子女士有一样魔法道具 —— 只要客人是一对男女，她就会把它悄悄装饰在餐桌上。

松田先生会为孕妇制作有利于胎儿的眼睛生长的鲍鱼料理，为庆花甲之年的老人制作整烤鲷鱼，为喜庆的聚餐制作红白乌冬，这是他在用料理表达自己的心意。

厨师的幸福度其实有很多衡量标准，若以食客的幸福度为标准，松田先生无疑是个幸福的厨师。如果厨师不幸福，就无法让客人感到幸福。

贝尔索是法语"摇篮"的意思。这里的料理汇集了伊吹大山的恩赐，以及附近海洋的宝藏。我用舌头、心灵与人生的一切，如梦似幻地品尝了这些美味。那种幸福的感觉，就像躺在名为"地球"的摇篮里轻轻摇晃。

松田先生说，他虽然亲手制作过数不清的料理，但是人类本身连一根草都造不出来。所以，大自然才是最伟大的厨师。

◎ 东京都世田谷区

面对面的情感

——岛田农园·吉实园·宍户园

就像出门去超市购物那样，

到附近的农田里买菜。

鼓鼓囊囊的蚕豆、味道浓郁的鸡蛋、晶莹剔透的蜂蜜，

都是邻居精心培育的产品。

产地、生产者，甚至灌注其中的浓浓心意清晰可见，

这些啊，都是让人放心的食材。

有没有什么方法，让人居住在大城市的同时，过上不给环境增添负担的舒适生活呢？这就是我近几年思考的主题。我知道自给自足的生活对环境很友善。然而现实问题在于，我自己都无法做到这一点。几经苦苦求索之后，我找到的答案就是：由当地人来消费当地出产的物品，走自产自销的路子。放眼望去，东京还有许多农户呢。

　　东京都世田谷区——这里前往市中心交通方便，人气颇高，事实上还是自产自销的宝库。随处可见农田，旁边还设置了销售农产品的无人售卖机。生产者直通消费者，减少了运输环节制造的二氧化碳。在这里，人与人面对面交往。

　　岛田农园的岛田秀昭先生就是在世田谷务农的农户之一。他一边经营面粉生意，一边在祖祖辈辈传承下来的广阔农田上种植梅子、竹笋、土豆、芋头等农产品。从上一代开始，岛田农园还利用面粉工厂制造的麦麸和谷壳开展有机种植，为周围的居民提供安全放心的新鲜蔬菜。

　　这里不仅有自产自销的蔬菜，从江户时代持续至今的吉实园现任经营者吉冈幸彦先生竟然还会养猪。吉实园周围都是幽静的住宅区，从马路上看过去，只能看到郁郁葱葱的园林植物，完全察觉不到里面养了猪。

然而，只要离开马路稍微往里走一些，就能看到"货真价实"的猪了。那些猪都被放养在有围栏的大片土地上，那派田园式的光景，让我一时说不出话来。接着，吉冈先生又带我走进了猪栏……接受了猪那充满热情的洗礼。

我身边围着的是猪、猪、猪。站在远处还感觉不到，一走近就发现，猪真的很大。小猪大约重三十千克，大猪动辄超过一百千克。转眼，我就被猪围了个水泄不通。而且这些猪都是全副武装，身上披挂着泥巴和粪便混合而成的"盔甲"。

不知它们是在欢迎新来的人，还是看到多了一个同类心里高兴，总之这些猪都用柔软的鼻子顶我。它们对我的鞋也很感兴趣，全都伸嘴去咬，想把鞋拽下来。猪是杂食动物，拥有锋利的牙齿，也不知道控制力度，因此咬得特别起劲。不一会儿，我的牛仔裤和鞋子上也沾满了泥巴。

尽管如此，近看这些猪，我还是觉得甚是可爱。水汪汪的大眼睛惹人怜爱，弯弯的长睫毛如人微笑时上翘的嘴角。吉冈先生说，猪其实很聪明，而且充满好奇心，养久了觉得它们比狗都可爱。确实，吉冈先生一走到猪栏旁，猪就自然而然地围了上去。"别处找不到生活环境这么好的猪。"正如吉冈先生所

说，吉实园的猪全都无拘无束、自由自在地长大，过着幸福的生活。

吉冈先生养猪的缘起很有意思。他最开始想养的竟是小马。吉实园主营园林业，有一大片树林，而吉冈先生想骑着小马在树林里散步。他十分喜爱动物，但是理所当然地，养小马的想法遭到了家人的强烈反对。既然养不了小马，他就独断专行地买小猪来养。因为担心一头猪太寂寞，所以他最开始养了三头小猪。而现在，吉冈先生已经成了二十多头猪的"老大"，连"骑猪"的时间都没有了。

除了猪，吉实园还养了乌骨鸡、阿劳卡尼亚鸡和布雷斯鸡。因为都是散养，鸡不仅过得无拘无束，还能帮忙去除杂草，派上了大用场。这些鸡都是雌雄混养，因此母鸡产的都是受精卵，营养价值极高。吉冈先生说："吃了我家的鸡蛋，就再也吃不下别家的啦。"正如他所言，这里的鸡蛋美味极了，让人恨不得每天都吃生鸡蛋[3]拌饭。

刚下的蛋还是热乎乎的，又是受精卵，只要母鸡一直孵化，就能产出小鸡。可以说，这些鸡蛋里满是生命的精华。能吃到这样的鸡蛋，自然一个都不敢浪费。

吉实园会将修剪下来的树木枝叶打成粉末与猪粪混合，再

---

3 指经过杀菌处理的无菌蛋。——编者注

加入米糠搅拌发酵，然后从鸡舍里取出鸡粪继续混合做成堆肥。早在"有机"这个词流行之前，他们就在经营对地球和人类都不会带来坏处的循环农业了。

这些精心培育的猪出栏以后，就成了品牌猪肉"东京X"，滋养我们这些人的生命。要送走这些自己精心照顾过的猪，心里一定很难受。然而，只要消费者享受到了美味，所有的难过都能释然。

再来到宍户园的宍户达也先生这边，他经营着传承十几代的农田，还从长野县专程引进了松土的蚯蚓，九年前开始进行蓝莓的有机栽培。一开始，他为了让植物授粉而养了一些蜜蜂，这后来发展成一定规模的西方蜜蜂养殖业。

蜂箱放在一棵大樱花树下，许多蜜蜂从那里进进出出。蜜蜂过着社会化程度极高的集体生活，每只蜜蜂都有各自的职能，比如侍候蜂后、抵御外敌入侵蜂巢、工蜂四处采集花蜜等。它们勤奋工作的样子，看起来格外可爱。

宍户园的地里除了蓝莓，还有玫瑰、柠檬、醋栗、桃子等作物，看起来完全不像农田，倒像一片花园。在田地间，空气中弥漫着淡淡的甜香。据说蜂蜜混合玫瑰花蜜，会产生性感的味道。

蜜蜂在半径约两千米的世界中四处飞舞，采集花蜜，再用只有蜜蜂才知道的方法做成蜂蜜。人类可以靠自己的智慧采集花蜜，但是绝对造不出蜂蜜。换言之，蜂蜜是每一片土地独特的味道，别处无法复制。而且每只蜜蜂一辈子只能产出一茶匙蜂蜜，因此蜂蜜格外宝贵。

打开蜂箱，直接取一勺百分百纯粹的蜂蜜含入口中，瞬间就到了幸福的天堂。蜂蜜的味道浓郁而芳醇，充满浪漫气息，散发着多种花香。

宍户先生在采集用于制作玫瑰水的玫瑰花瓣前，会专门洗个澡，清洁身体。他说，与自然相处时，心意非常重要。每天早晨，他都要笑容满面地对蜜蜂、玫瑰道声"早安"。宍户先生认为，如果态度不够诚恳，消费者就接收不到采集者寄托在蜂蜜中的心意。宍户先生说的每一句话，都像诗一样美好。

蔬菜、猪肉、鸡蛋、蜂蜜——有了这些东西，就能过上丰富的饮食生活。我要将这些东西仔细做成料理，既不贪心也不浪费，怀着感恩的心情享用。我们这些住在大城市的人，只要换一种选择，或许也能过上为地球减轻一些负担的生活。取材期间，我一直咀嚼着"希望"这个词。

质朴而真诚的『男人蛋糕』

——德拜尔蛋糕屋

在安静的住宅区一隅，

那个人今天也静静地做着点心。

『希望你变得很好吃。』

一层一层融入希望烤制而成，

连心意的分量都加诸其中，

这就是质朴而真诚的『男人蛋糕』。

某日，我收到一个印着DERBÄR（德拜尔）标识的白色纸盒，上面还系着鲜艳的黄绿色丝带，仿佛守护着重要的东西。解开丝带，打开盖子，一阵甜甜的香气扑面而来，就像小小的生物躲在里面静悄悄地呼吸。

　　盒子里是一个年轮蛋糕。它美丽的造型让我忍不住感叹。年轮蛋糕的德语是"Baumkuchen"，意为"树木的点心"。而我眼前的这个蛋糕，真的就像一截树干，外表无比质朴。它沉甸甸的，脱模后的表面凹凸不平。

　　为了访问这个使用正宗德国制法和纯天然素材制作年轮蛋糕的人，我去了一趟奈良。那里，熊仓真次先生独自经营着小小的蛋糕店。"想成为从零开始亲自动手的专业师傅"的熊仓先生在青森县出生长大，后来去了京都上大学。他学的是法学，毕业后去了一家律师事务所工作。但是六年前，他突然开起了蛋糕店。

　　熊仓先生本来就很喜欢德国产品，所以才想专门制作年轮蛋糕。他先去造访铸铁厂，定制了一套烤年轮蛋糕的烤箱。然后，他通过自学摸索出最适合自己的年轮蛋糕制作方法。每个星期日，他都会试做，然后将亲手制作的蛋糕送出去打听对方的感想，再回来改良。他的理想是使用各种天然素材，但是不格外突出某种材料的味道，让人吃进嘴里猜不出添加了什么材料，只感觉特别好吃，而且回味悠长。

经过调查，他发现市面上的年轮蛋糕各有各的不同。最普通的年轮蛋糕都用植物油代替黄油，把所有材料放进一个大碗里搅拌成综合蛋糕胚，然后进行烤制。使用含有发泡剂、膨松剂和稳定剂等化学添加物的植物油的话，就只需将鸡蛋和面粉调和，基本上不会失败，并且能在短时间内制作出大量的年轮蛋糕。然而，这样做出来的东西就会流于平庸，变成松松软软、毫无食材风味的普通年轮蛋糕。这都是一味追求产能和效率的结果。所以，要做出自己独特的风味，还是要依靠香料。

熊仓先生想做的年轮蛋糕，是遵循德国传统"单独烤制"方法制作的正宗年轮蛋糕。德国制定了年轮蛋糕的相关法律，规定只有使用了黄油、按照正确制法制作的蛋糕才可以冠以"Baumkuchen"这一名称。日本的大部分年轮蛋糕，或许只是"日式年轮蛋糕"。

两者乍一看没什么区别，其实相去甚远。与市面上较多的日式年轮蛋糕相比，正宗年轮蛋糕可谓极为罕见。而且两者花费的手工和时间都不能同日而语。

我试着追踪了正宗年轮蛋糕的制作流程。首先是准备材料。第一道工序是分开蛋黄和蛋清，一个年轮蛋糕需要用到九十颗鸡蛋，光是打蛋就要花费将近一个小时。熊仓先生都是直接去农户家中采购散养鸡蛋。农户家的鸡平时吃的都是日本产碎米与天然鱼粉调配的饲料。制作蛋糕时不能使用味道过于浓郁的鸡蛋，因此熊仓先生还要先将鸡蛋打进小碗里，一个个闻味道，将不能用的剔除，再分开可用鸡蛋的蛋黄和蛋清。光是这道工序就极为费事，需要耐心。

接着，加入杏仁糊（杏仁与砂糖调和而成的德国传统甜品材料）、大溪地香草、新西兰蜂蜜、日本有机柠檬皮、无添加生奶油，仔细搅拌均匀，做成蛋糕糊。

在巨大的碗里加入用日本原料熬制的和三盆糖与甜菜糖，然后加入卡尔皮斯发酵黄油。黄油的温控要求很高，只能在二十摄氏度左右的环境中存放。温度小数点后几位的差距都会影响"敏感"的黄油，左右成品的质量。正因为如此，工坊内部的温度一直控制在令人浑身发冷的状态。

搅拌黄油和糖的时候，还要另取一个碗搅拌蛋黄。由于蛋黄要跟黄油混合，因此也要频繁测量温度。待黄油混合空气后开始发白，就一点点倒入蛋黄液，然后添加小麦粉、小麦淀粉和天然盐继续搅拌，最后加入朗姆酒，才算做成黄油糊。

接下来是制作蛋白霜。虽然只是蛋清跟白砂糖混合起来搅拌，但是这道工序难度很高，"不知失败了多少次"。据说要仔细倾听蛋白霜发泡的声音，绝不能放过任何变化。由此可见，熊仓先生为制作蛋糕，用上了触觉、嗅觉、听觉等多种感官。

蛋白霜做成后，要加入刚才做好的黄油糊，小心翼翼地手工搅拌，防止消泡。这道工序的成败，关键在于材料与空气含量的平衡。德拜尔年轮蛋糕的膨胀程度由蛋糕糊里的空气含量决定，因为熊仓先生连靠热量膨发的发酵粉都不使用。

总算到了烤制的工序。先在樱桃木蛋糕芯上薄涂一层蛋糕糊烤制，完成后再薄涂一层继续烤制，如此循环。这道工序看似简单，其实需要熟练的技艺方能完成。烤制蛋糕的两三个小时里，熊仓先生一刻都不曾远离烤炉，甚至连电话都不接，专心致志地看守着正在制作的年轮蛋糕。他要涂抹蛋糕糊，时刻观察质地的变化，还要仔细挑掉大气泡，调节蛋糕与火的距离，观察烤制的成色。这与只需按一下电源开关就能做成的日式年轮蛋糕可不一样。整个过程紧张有序，让人大气儿都不敢出。

制作年轮蛋糕最难的地方在于，烤制过程中蛋糕糊有可能因为过重而脱芯，整个掉落下来。如果带着"大致搞一下就好"的心情来做，肯定涂到某一层就掉了，所以要全程无比用心，一点儿都不能偷懒。其实熊仓先生也想烤厚一点儿，但是烤到第十八层，底下的每一层就像有了脉搏一样，让他十分紧张。年轮蛋糕烤好后，要在工坊里静置一晚。

用尺子仔细量好厚度后切分。为了增进口感，熊仓先生会刻意切得不平。

第二日，切开的年轮蛋糕表面出现了宛如铅笔画的层层年轮。没想到如此朴素的蛋糕竟需要整整一天极度紧张的工作才能诞生。德拜尔年轮蛋糕每个大约有二十二层，据熊仓先生本人说，这都是他凭借经验、技术、专注力与心意制成的。

"不惜花费大量工夫，仅用纯天然食材当然好，讲求效率和方便也没什么不对。只不过，我不想用那些'放了就能省事'的添加剂。那些都是歪门邪道。"

也许，制作年轮蛋糕，就像与某种看不见的庞然大物无声地交战。熊仓先生的想法，融入每一层蛋糕中。

岐阜县中津川市

甜蜜可爱的栗子点心

——和果子店『满天星一休』

江户时代，中津川曾是一片繁华的交通要地。

这里抚慰客人长途旅行之疲惫的，是朴素而甜美的栗子点心。

又香又甜，特别可爱。

胖胖的黄色小球，从过去到现在，都在安抚焦躁的心。

小时候每逢运动会，家里就会做栗子饭便当。到了前一天，母亲会跑遍市内的蔬菜店，寻找好栗子。好不容易买到新打的栗子后，她就拿着大大的菜刀，灵巧地剥开栗子外壳，然后浸水一夜去涩，第二天早晨跟白米一锅蒸熟。其实比起运动会，我每次都更惦记中午的栗子饭。

长大后学习茶艺，我又迷上了栗金饨。每年秋天，附近的和果子店都会摆上栗金饨，这种点心乍一看很是朴素，其实味道脱俗，仿佛亲自品味到了秋天。

听闻栗金饨有发祥地，我就策划了三天两夜的寻栗之旅。

迎接我们的是结满刺球的栗子树，等待栗子掉落的和果子师傅，还有无限热爱栗子的当地居民。

岐阜县中津川市 ——这里曾经是中山道的交通要地，依旧残留着昔日繁华的浅影。呈钩状弯曲的旧中山道上留有自江户时代持续至今的酿酒店和大旅馆等建筑物，很容易让人联想到当时的热闹场景。

而且这里真的有很多和果子店！仅仅在车站周围走了十分

钟，我们就看到了五六家店铺，每家店都威风凛凛，充满情调。这也难怪在人口只有八点五万的中津川市内，销售栗子点心的店就有将近五十家。对中津川的人来说，栗子是生活的一部分。

中津川为何会成为有名的栗子之乡？我们请教了元治元年（一八六四年）开业的和果子店川上屋的第四代经营者原善一郎先生。

中津川四面环山，自然生长着很多栗子树。每逢秋天山栗成熟，家家户户都会上山拾栗，将宝贵的大山馈赠带回家，或是烤着吃，或是煮着吃。后来，砂糖普及一般家庭，就有人把蒸熟的山栗剥出来，跟砂糖一起研磨成糊，再用布巾绞出形状，做成甜点食用，这就是栗金饨的起源。到了明治时代中期，本来只在家庭里制作的栗金饨被中津川的点心店做成了商品。

到了大正时代，当地的栗子栽培技术日渐成熟。这里季节温差较大，很适合栽培栗子。因为开发了大颗粒的人工栽培栗子，这里的栗子点心产量也逐渐增加，和果子店更是随之增多，整座城市的栗子点心文化有了长足的发展。

中津川自江户时代开始就是交通要地，许多行旅之人都会在这里歇脚。自古以来，这里就有用栗子点心款待客人的习俗。在俳谐文学发达的江户时代中期以后，许多知名的俳句诗人和歌人都造访这里。作为茶会和歌会上的地方特产，栗子点心推动了这里点心制作技术的进步。就这样，中津川成了有名的栗

和果子店川上屋充满了旧日的风情，与留有昔日辉煌的街景极为协调。

子之乡。

原善先生说："你发现没有，这一带有很多坡地。"

不愧是号称中山道难关的地方，无论走路还是骑车出行，到达目的地时都会累得气喘吁吁。正因为如此，东道主才会在客人来访时，先拿出茶和点心款待。

第二天，我们离开中津川市区，前往山中寻访广阔的栗子林。这里是市内拥有两家和果子店铺的"满天星一休"的栗子林。店名写作"满天星"，为店铺起名的创始人名知正弘先生带我们参观了栗子林。

比野生栗子足足大了一倍的巨型刺球压弯了树枝。仔细一看，有的刺球已经裂开，露出了里面的栗子。刺球无法支撑自己的重量时，就会自然掉落。到了早晚温差变大、蜻蜓翩翩飞舞的时节，就快可以捡栗子了。

中津川的和果子店只用新鲜栗子制作栗金饨。所以，刺球落地的第二天，所有店铺都会同时开始生产。栗金饨是只有秋天才能品尝到的宝贵甜点。

"今年的栗子应该不错。"名知先生一脸满足地说道。现在，他主要负责看守这片栗子林。虽然再也不能常常跑到山上散步，但他注视栗子树的目光异常平和。

他拾起落在脚边的栗子，剥开坚硬的外壳，再用指甲撕开里面带毛的薄皮，扔进嘴里咔嚓一咬。我吃了一惊。

"小时候的栗子树比现在还多，我经常生吃栗子。虽然有些涩，但是很好吃。"

名知先生的栗子林里有胞衣、筑波、丹泽等品种的栗子树，大约一百三十棵。栗子树就算品种相同，种在不同的地方也会结出不同品质的栗子。这片树林能采收一吨左右的栗子，但全部都是用来做栗子糯米饭的装饰物。因为这里产的栗子黏度不高，不适合做栗金饨。

那么，制作栗金饨的栗子在哪里？如今物流业十分发达，栗子每天都从九州空运过来。把早上落下来的栗子打包装机，第二天早上就能在中津川市加工了。中津川市的和果子店几乎都在使用日本各地采购来的优质栗子。

尽管如此，名知先生这片林子里的栗子树看起来都很幸福。树下堆积着取完栗子的刺壳。此前，他们为该如何处理这些刺壳烦恼了好久，这片林子正好能让其重归土壤，可谓一石二鸟。将刺壳堆在树根周围，不透光，就不容易生长杂草，大约五年之后，还能归于土壤成为养分。

为每一棵栗子树都精心修剪了枝叶，好让阳光到达枝干中央。栗子树得到了精心看护，全都一副很依赖名知先生的模样。修剪枝叶是最困难的工作，要在寒冷的一月剪掉新长的枝条，只保留大约二十根长势最好的。

"看着这些树开花结果可有意思了。点心也是，自己亲手制

作的，怎么看都可爱。"

与名知先生交谈时，我听见他说了好多次"可爱"。确实，站在这片栗子林里，人会油然产生对树木的喜爱。可是一场台风，就会让一整年的辛苦全部打水漂。这是最让名知先生伤心的事情。于是在回去的路上，我心中默默恳请大自然的神明温柔对待那些果实。

第二天早晨八点半，店铺开门的同时，作坊也开工了。在阳光普照的作坊里，各种工具摆放得井然有序，全都反射着美丽的光芒。不锈钢台面上摊着的栗金饨原料，已经在大锅里煮熟，正用风扇吹凉。高峰时，这里早上五点就要开始作业了。

现在还是栗子季的初期，昭和五年（一九三〇年）开业的和果子店惠那福堂第四代经营者安藤贞美女士特意允许我参观了栗金饨的制作过程。这位是承袭了创始人西尾多弥女士创业精神的女性经营者。

栗金饨这种点心真的很朴素，每家店的制作方法大同小异。栗子连壳蒸熟，然后对半切开取出里面的果肉。过一遍滤网将栗子肉压成细腻的糊，加入白砂糖，放进锅里小火煮掉多余的水分。白砂糖的占比约为四成，但是要根据栗子的状态微调甜度。

虽然做法大同小异，每家店的栗金饨却有不一样的味道，真是太有深度了。据说，当地人都有各自偏好的栗金饨。

眼前摊开的栗金饨散发出淡淡的栗子香，我也不客气地尝了一块。真好吃！栗子的味道缓缓扩散到了全身。贞美女士又拿来了据说也很好吃、煮栗糊时粘在锅底的金饨锅巴。这种锅巴冷却之后像饼干一样脆，如果只留给工作人员品尝，实在浪费了这种幸福的享受，所以从去年开始，店里还会送给客人品尝。金饨锅巴的味道让人上瘾，人一不注意就伸手去拿了。

等栗金饨放凉到一定程度，就可以绞成形状了。身穿白色工服、头戴三角巾的女性员工一人一块雪白的茶巾，默默地完成这项作业。

她们的表情平静而温和，宛如一尊观音。我问："绞栗金饨的时候在想什么？"贞美女士回答："无心。"就这样，她们灵活地运用双手，绞出一个又一个栗金饨。

用茶巾一绞，栗子就重塑了自己的形状。我看着正在作业的四位女士的手，心中感慨：所谓料理，也是形状上的改变啊。

仔细观察就会发现，每个人做的栗金饨形状都不太一样。明明用了差不多分量的栗子，但是绞的方式不一样，就会显得大小有别。我似乎还从栗金饨上隐隐看到了制作者的体态和面容。一旦习惯了，光看栗金饨的形状，就能大致猜到是谁做的。

贞美女士做的栗金饨形状规整，甚是好看。看着栗金饨尖尖的角，我忍不住微笑，心中充满了怜爱。经过一双双手，融入种种心意，栗金饨就这样诞生了。

"一定要做成这个形状，才有栗金饨的味道。"定形工作结束后，贞美女士一边喝茶，一边笑着对我说。刚做好的栗金饨热乎乎的，入口即化。我又刚刚参观过栗子林，更能深刻感受到参与其中的人们的模样和热情。

此时正是中津川市的栗子旺季。再过一段时间，今年最后的刺球就要落下。

晒得黝黑的笑脸如此耀眼。

店主奈奈子女士，

最拿手的料理，朴素而狂野。

尝一口西表的自然之味，再侧耳倾听，

那里有森林动物的气息和大海的潮骚……

当中还掺杂着厨房传来的——

奈奈子女士的轻声哼唱。

与地球携手共进的厨师

——波照间食堂

在石垣岛的离岛栈桥坐船，大约一个小时就能看见西表岛。那座岛的形状十分怪异，像是聚拢了一堆高山。八重山群岛多是平坦的岛屿，唯有西表岛呈现出独特的轮廓。山上长满琼崖海棠，岛上覆盖的大部分是亚热带植被。简而言之，那里是一片热带雨林。郁郁葱葱的植被吸取了大量水分，形成河流注入大海。上岛之后，我的第一站就是岛上最具代表性的浦内川。

河两岸是一望无际的红树林。红树林中有木榄、水笔仔、红茄苳几个种类，全都是胎生种子，细长的种子在水中繁殖。胎生种子附着在亲木上时已经发芽，因此在水边的特殊环境中也很容易扎根。退潮时，红树林露出纵横交错的根部，每一株都姿态奇特，仿佛是思考者的化身。

乘船抵达名为军舰岩的渡口，然后步行进入森林。

抬头看，树木仿佛从太古延续至今，郁郁葱葱。高耸的树干顶端展开了如同蕾丝遮阳伞般的叶片，螺旋卷曲的叶芽也足有一米长。森林里的植物大多比我们平时看到的植物更高大宽阔，所以每前进一步，都会伴随着自己的身体渐渐变小的错觉。

茂密的草丛中似乎随时都可能跳出一头恐龙。

　　不过，这里的空气真的很新鲜，似乎比城市里的空气浓郁几分。空气中夹杂着动物的喘息和植物的甜美，以及清凉的水汽和花香。沿路看见了许多瀑布，走到哪儿都有凉爽的风。我忍不住屡屡停下脚步，深深呼吸。

　　西表岛有一位利用丰富的大自然恩惠制作美食的高手，那就是吉本奈奈子女士。她是波照间食堂的厨师。只要接到客人预约，她就会亲自出海捕鱼，或是背火赶海，连蔬菜都是自己种植。所谓背火赶海，就是在临近满月或新月的低潮时，背上系着火把照明，深夜去赶海，不过现在都改用头灯了。所以，若是天气不好，海上风浪太大，就预约不到她的饭菜。我对这位女士早有耳闻，几年前就一直想拜访她。

　　到达后，我马上就跟奈奈子女士一起去赶海了。她坦言自己深爱大海，这次也穿上了背火赶海的全副装备。

　　月亮高挂在天空，宛如发光的水母。今夜有负五厘米潮位的大潮。我们穿着长胶鞋，在一片黑暗中啪嚓啪嚓地朝着海滩走去。珊瑚礁的水洼里能找到五颜六色的海参、寄居蟹、六斑刺鲀和海星，还有毒性剧烈的波布贝（地纹芋螺）和伊拉布（海蛇），像个天然水族馆。每次发现好看的鱼类和贝类，我都会雀跃不已。不过好景不长，只听奈奈子女士高喊一声"这边有乌姆兹（一种小章鱼）"。就这样，赶海的工作开始了。乌姆兹就

是望潮。不管是鱼虾还是其他动植物，在每座岛上都有独特的称呼。

那天收获最多的就是被奈奈子女士称作迪拉扎的红娇凤凰螺。这种螺的壳很厚，内侧呈深橘色，只要找到它们栖息的地方，就能像在地里收菜一样捡到很多。在灯光下目不转睛地寻找贝壳，我感觉自己渐渐进入了无心的境界。

最大的猎物是华丽蛸。就算是拥有十年赶海经验的奈奈子女士，此前也只见过一次华丽蛸。所以，我们都不由自主地兴奋起来，一边后悔没带鱼叉，一边用抓望潮的短针与它搏斗。那只华丽蛸躲在内部环境极其复杂的珊瑚礁底下，奈奈子女士一伸出短针，它就缠上来好几根触手，还喷出墨汁拼死抵抗。赢家会是奈奈子女士，还是华丽蛸？那就像一场一对一的拔河比赛。最后，奈奈子女士大获全胜，人生第二次成功捕获华丽蛸。为此，她感到异常高兴。

奈奈子女士出生在没有山也没有河甚至连海藻和贝类都不太丰富的波照间岛，因此从小就想在西表岛上居住。真的来到这里后，她对这里丰富的海产资源震惊不已。按照她的说法，西表岛是冲绳食材最丰富的岛屿。

如其所言，奈奈子女士的料理用到了岛上的许多食材，比如颜色鲜艳的针鱼南蛮渍。奈奈子曾经思索如何才能吃到更多的长命草，最后想到了这道菜。长命草是冲绳随处可见的杂草，

71

岛上的人经常用它来做菜。针鱼当然也是奈奈子女士亲自钓到的海货。只要渔民邀请她出海，她就会兴致勃勃地跟船。因为好鱼一般都会集中到石垣岛那边卖钱，所以只有自己动手，她才能得到满意的食材。

在酸酸甜甜的针鱼南蛮渍外面包上一层切成细丝的长命草，一口咬下去，针鱼的香气和长命草独特的温和风味成了绝妙的搭配。这是一道以长命草为主的料理。

充当配菜的鲜红番茄就是所谓的"奈奈子番茄"。奈奈子来到西表岛之前，岛上还没有多少人爱吃这种番茄。它与西表岛的风土相融合，不容易遭受病虫害，自然就越来越多了。

除了这种番茄，奈奈子女士种植其他蔬菜也从不购买种子或幼苗，而是直接在地里采收种子，重新播种，令其自然循环。当然，她也会最低限度地照料菜地，但蔬菜全都自由自在地生长，菜田宛如一片丛林。

哪怕准备店里食材时剥出来的种子，她也会种到地里，厨余垃圾也都堆在土地上用筐子盖起来。至于赶海捡到的贝壳，吃完肉之后也会把空壳放回河口，让其成为寄居蟹的新家。她尽量不让人力打断自然的循环，而是通过双手维持自然的流动。

我一直认为，料理能体现一个人的生活态度。奈奈子女士的料理反映了她的喜怒哀乐和人生的全部感触，有着强大、温柔、宽广的味道。

奈奈子女士做饭的背影格外有魅力。她站在并不算大的厨房里，头上悬挂着随手撕下的挂历充当灯罩的吊灯，不时哼几句歌，动作麻利地准备菜肴，乐在其中。她通过料理与人相连，与西表岛的森林、河川和大海相连，与地球携手过着欢快的生活。当地年轻人聚会时，她会做意面。老年人相约用餐，她就用岛上的食材做些平时很难吃到的菜肴，让老人家体会在岛上外食的乐趣。

奈奈子女士的脑子里总是塞满了关于料理的一切，她不停地思考着如何让食物变得更美味。她的样子简直就是《蜗牛食堂》的主人公伦子本人。然而，《蜗牛食堂》只是虚构的故事，波照间食堂的奈奈子则是真实存在的厨师。想必经营一家食堂一定会遇到很多困难，但她还是将其一一克服，并使之升华成美味的饭菜。

住在岛上那几天，我遇到了好几场大雨。但是，这些雨能让西表岛的森林变得更有活力。这里有着人类存活必须具备的充足的水、空气和阳光。

脱下鞋，赤脚接触大地，脚下竟传来了淡淡的温暖。张开双臂，用力拥抱树干，恰好有一阵清风吹来，像在轻抚我的头发。西表岛上的人和生物教会了我：只要忠实于自己的真正姿态，就好。

蒸腾着幸福烟火气的厨房

——月心寺

一期一会。

让我深刻体会到这句话的人，

是因一场事故致疾，

却用精心制作的斋宴款待了我的女性。

『用饱含心意的饭菜，充实客人的肚腹。』

热气蒸腾的厨房里，

刚煮好的香甜蔬菜和皮肤光洁的尼师，

等待今天的邂逅。

京都与滋贺的边界上有一座月心禅寺，大正年间出生的尼师村濑明道尼在那里用斋饭招待客人，她的胡麻豆腐可谓天下一绝。大家都亲切地称呼尼师为"庵主婆婆"，八十五岁高龄的她至今仍在厨房里忙活。据说她每天夜里一点就起来用棒球的球棒研磨芝麻。

自从得到这些碎片式信息，我就很想尝尝庵主婆婆的斋饭，最好能亲眼看到她做饭的样子。后来，我在庵主婆婆的著作中读到"我对料理的爱，是甘愿与之殉情的爱"这句话，更是心心念念地想跟她见上一面。

不巧的是，那个激动人心的日子下起了冰冷的雨。凌晨四点天还未亮，我就到达了月心寺。庵主婆婆果然在夜里一点就进了厨房开始准备，香气已经飘到了门外。门口装饰着美丽的菊花，旁边就是名水"走井"的井台。我紧张地敲开了门，得知早饭已经准备好，并立刻被领进了厨房。

庵主婆婆是日本斋饭的第一名手，是电视剧《美食人生》的主人公原型，并因此出了名。我听了好多关于她的传闻，都说

她性子刚烈，言行彪悍。但是见面之后，我觉得庵主婆婆格外美丽，瞬间为之倾倒，看得出了神。

她皮肤白皙、鼻梁挺直，在我眼中极具女性特色，甚至荡漾着一丝色气。难怪传闻尼师年轻时，与她一起打坐参禅的男僧都静不下心来。

然而，初次见面的感动没能持续多久。"你是女孩子，盛汤要拿手。关键不在盛得好看，而是要快。"底气十足且洪亮的声音突然响起，把我拉回了现实世界。我慌忙盛好了与人数一致的味噌汤，接着又去盛饭。然后，我听见了稍微柔和的声音："因为你们要来，我就煮好一升米等着了。"接着，我们全员落座，高声朗诵筷袋上的《食事训》。与食物的邂逅，也是一期一会。因此要感谢这种缘分。

庵主婆婆为我们准备的味噌汤，好喝得渗透骨髓。暖洋洋的白味噌温暖了冰凉的身体。汤里加入了滑嫩的绢豆腐、炸豆泡和萝卜。刚出锅的白米饭怎么吃都不够。坐在我旁边的庵主婆婆告诉我，料理最重要的是"为了你"。所以做味噌汤时，看着来客的脸化开味噌，才会最好吃。

凌晨四点四十分，真正的料理作业开始了。厨房里放着一台三口瓦斯炉，还有一台五口碳炉，共计八口锅需要各自维持精妙的火候。庵主婆婆坐在厨房一角的椅子上，发出各种指示，俨如棒球队的魔鬼教练。她发号施令的样子没有一丝多余动作，令人惊叹。她专注得就像全身上下长满了眼睛，同时把握着好几口锅的动态，不放过瞬间的差错。也因为这样，为庵主婆婆打下手的八个帮厨可谓手忙脚乱，一旦出了错，庵主婆婆就会被激起暴脾气，毫不留情地大声叱责。不过，这一切都是为了让客人吃得开心。

需要烹调的食材，简直太多了，这一天要准备三十九人的斋饭。做料理最难的就是同时为许多人用上细腻的心思，但庵主婆婆似乎轻易就完成了这个壮举。她会靠目测微妙地调节帮厨手上的调味料，每一次调味都是一招定输赢。庵主婆婆干脆利落的性格于此可见一斑。

细想起来，她在月心寺的厨房里已经默默守护了将近半个世纪。三十九岁那年，她遭遇了交通事故，后来从濒死状态奇迹般地苏醒过来，住了好几个月医院，总算回到了月心寺。虽然保住了生命，但是右半身的自由完全丧失。尽管如此，她还是想尽办法靠自己生活，并学着用嘴叼住火柴盒擦火柴、点炉子。仅仅是这项技能，她就学了三天。至今庵主婆婆回想起当时学会这项技能的喜悦，还历历在目。就在那一刻，她意识到："我还有左手。"接着庵主婆婆又说，无论什么事，只要努力就能成功。只要能给炉子点火，就能用水壶把水烧开。只要能烧开水，那么只用一只左手也能做菜。月心寺的斋饭受到关注，是在庵主婆婆遭遇事故之后。她顽强的生存意志一定融入了料

左上红叶麸、右上百合根、左下山药、右下
秋葵。使用天然山泉水，花时间慢慢熬煮，
就能带出食材本身的鲜甜。之所以夜里一
点起床，就是为了让每一种食材美味地"超
度"。斋饭使用的所有食材都在地里栽种。我
认为，这是一种十分和平且富有希望的饮食。

左上什锦菜、右上芝麻拌菜、左下昆布、右
下芜菁苹果茼蒿拌菜。芝麻拌菜加入了切碎
的七种菜叶，入口香甜味美，就像吃下了一
口青青草原。

理的每一个角落，吃到斋饭的人也感受到了她的内心。

厨房到处弥漫着幸福的烟气，我突然感觉自己来到了桃花源。站在料理诞生的现场，我不知为何感到特别安心。然而这种恍惚也只持续了片刻。庵主婆婆在帮厨的搀扶下艰难地站起来，并走到锅边亲手搅拌的身影把我拉回了现实。

接下来要做胡麻豆腐了。咚、咚、咚，木铲有规律地擦过锅底。无论身体多么不自由，她也要亲手制作这道胡麻豆腐。其实我想从磨芝麻的工序开始参观，但是庵主婆婆坚持不让旁人看到真正重要的工序，以便专心致志地工作。很快，锅里的东西就变成了乳白色的浓稠状态。用木铲搅拌起来应该非常吃力。外面的天空开始泛白，终于要天亮了。

上午七点，茶礼。所有人停下手头的工作，来吃刚出锅的松茸饭。十三个人聚集在寒冷的厨房里，热腾腾的烟气就是最好的美味。松茸饭馥郁的香味让人瞬间有种眩晕的感觉。茶礼结束后，各自回到工作场所。也许是准备工作告一段落，庵主婆婆上午七点半便回房休息了。从夜里一点开始，她已经工作了六个多小时。

正值红叶最艳的时节，月心寺拥有相传为室町时期相阿弥亲手设计的美丽庭院。那是坐落在陡峭山坡上，宛如石头堆砌而成的隐秘院落，里面有山泉喷涌形成的小瀑布，还有号称树龄六百年的山茶树和枫树，高高在上地静静观察人类的生活。石灯笼里点上了蜡烛，地面铺着颜色鲜艳的落叶，像鲜红的毛毯。壁龛装饰着雅趣的挂画，室内焚着清雅的香。

上午十一点，总算能够品尝庵主婆婆的斋饭了。首先端上来的是花了整整三小时制作的胡麻豆腐，可蘸山葵酱油品尝。芝麻研磨之前没有煎过，就像庵主婆婆的皮肤一样雪白，一碰到舌头就像粉雪一样化开了。芝麻的香味如同一阵清风拂过。其后是松茸饭和白味噌汤。接下来则是只有这个季节能够品尝到的著名什锦菜。大大的盘子里装满了各色配菜，就像红叶在风中起舞。据说庵主婆婆坚持要从头到尾自己准备这道什锦菜，所以一切配菜都是她花费六个小时准备的。由于右手不方便，她只能用左手拿菜刀，先把食材切成相同的长度，然后横切竖切，仔细处理。陪护的工作人员说，光是看到那个光景就会忍不住流泪。听了她的话，我也险些流泪了。什锦菜的材料有牛蒡、胡萝卜、莲藕、百合根、香菇、栗子、白果、粟麸，一想到这些都是庵主婆婆亲自切好的，我就感觉料理最讲究的果然还是心意，若没有关怀对方的心就绝对做不好。

这顿饭究竟有几道菜呢？每一道菜都盛放在好看的器皿中，宛如庵主婆婆的宝贝一样被郑重其事地端上来。我突然意识到，料理其实就是制作者的分身。为自己钟爱的人制作饭菜，通过自己的双手和心意做成的料理，最后成了所爱之人的一部分，支撑对方的生命。这种强烈而无私的感情，就是制作料理的原动力。

曾经，庵主婆婆也有恋人。她虽然是尼僧，还是动了俗情。

这是出家之人的大忌。可是，也许正因为庵主婆婆动过真情，才能做出如此深情的料理。

庵主婆婆说，活着是一种奇迹。父亲与母亲相知、相爱、相亲，精子与卵子结合，"自己"才会存在于世界上，直到身心俱灭。

切不可视日常生活为理所当然。为一个人做饭，就是在支撑那个人宝贵的生命。所谓生命，就是无论悲喜，每天都要吃饭，都要呼吸。

饭后到大厅聆听庵主婆婆讲佛，下午两点结束。与客人合影留念后，庵主婆婆便在陪护的搀扶下拄着拐杖站了起来，问道："要不要一起吃乌冬？"

"要！"听到这种回答的瞬间，庵主婆婆绽露光灿的笑容。明明已经很饱了，热乎乎的乌冬哧溜地被身体吸了进去，却像被装在了别处。

就这样，如梦似幻的一天结束了。这天虽然是我人生中特殊的一天，对庵主婆婆来说却是平常的一天。之后的一天，她依然会在厨房里制作料理。

所谓料理，就是为享用之人发出的祈祷，是表达心意的终极形式。人只因爱而做料理。这是生而为人的一种特权。有了充满心意的料理，人就会变得更幸福。吃过庵主婆婆用心准备的斋饭，我的感慨越发强烈了。

播下种子，然后发芽，

长成大树，结出果实。

这种理所当然，

其实最为困难。

九年来，用爱意代替大量农药，

收获了许多奇迹苹果。

在奇迹变成日常之前，

木村先生还会继续挑战。

用爱心栽培的奇迹苹果

——木村家的苹果林

青森县弘前市 —— 木村秋则先生的苹果林，就在雄伟的岩木山麓。这里与其说是果树林，不如说是一片原野，苹果树和各种各样的微生物在共同生息。木村先生果敢地挑战了号称不可能的无农药/无肥料苹果栽培，并且大获成功，可谓世间奇人。若想知道这是一项怎样的壮举，请务必一读《奇迹苹果》。书中讲述了木村先生三十年来不断挑战的壮阔轨迹。在彷徨于黑暗并找不到答案的时期，木村先生一度绝望，甚至想了结自己的生命。由此可见，这是一场赌上性命的挑战。

　　随着这本著作的畅销，木村先生如今可成了一位大红人。不仅对农业感兴趣的人，而且许多被木村先生的坚韧态度激励的人，甚至追逐超自然现象的人，都会跋山涉水，突然出现在木村先生门前。我在九月小长假最后一天登门取材，其间，每天足有一百多人来参观木村先生的果树林。木村先生解释道："因为高速公路降价了啊。"但也因为这样，小草好不容易扎下根须并松开的土壤，又被人们踩实，在林子里形成了一条土路。

　　据说，上一年的造访者多达六千人，其中有大学教授、政

86

治家和宗教人士。六千人的体重转化成不可估量的压力，给果树林的土地造成了影响，导致土壤变硬，还长出了车前草。据说这种草只在坚实的土地上生长。别人视作杂草的植物，在木村先生的果树林里就起到了松开硬土的作用，个个都理直气壮地扎下了根。

我问起今年的苹果收成，木村先生干脆地回答："不行，失败了。"木村先生不仅是日本国内的大红人，连国外也纷纷向他伸出橄榄枝，导致他今年打理果树林的时间非常少。本来应该每年进行八次食醋喷洒，今年只做了四次，再加上气候不好，堪称苹果生命之源的树叶已经开始掉落了。

"我到处指导农户学习栽培技术，自己却没能成功起到示范作用，真是太没出息了。所以明年我决定多花些时间打理果树。我没好好对待这片林子，太对不起它们了。"

从这番话可以看出，木村先生钟爱着苹果树。或许，苹果树也很喜欢木村先生。如果我是苹果树，相比于被迫接触农药、吸收化肥，当然更愿自然而然地扎根、萌芽、生长。木村先生一直都很在乎苹果树的心情，并从苹果树的角度进行思考和判断。

现在，他已经可以准确地理解苹果树的语言。然而，木村先生也是经历了漫长的岁月，才跟苹果树形成这种相亲相爱的关系。尤其是从他开始无农药栽培到苹果树终于开花的九年间，

木村先生付出了常人无法想象的精力。一家人失去收入，落到了贫穷的深渊，有时甚至吃不饱饭，连路边的野草也扯下来吃。尽管如此，木村先生还是说："人啊，没了钱就想去搞钱，搞来搞去，就是觉得下的工夫还不够。我是'二战'刚结束时出生的人，一直觉得有钱人真的太苦了。"

如今，木村先生会跟苹果树说说话，花些独特的心思，但是一开始，他其实是个彻头彻尾讲求效率的人。他是苹果农户家的二儿子，正因为知晓行情，才觉得搞农业效率太低，赚不了大钱，不想做这方面的工作。听了木村先生的话，我发现他的思想远远超前于时代。好几十年前，他就在弘前市开两座跑车，还玩电脑。木村先生早就发现了电脑的优越之处，还预见电脑虽然只能处理过去的信息，但将来还是会被人类普遍使用。我不禁大吃一惊，那不正是我们现在的状态吗？

与夫人美千子女士结婚后，木村先生才重新走上了农业的道路。那是一场相亲婚姻，木村先生成了美千子女士家的入赘女婿。美千子女士家经营农业，所以木村先生也开始务农。讲究效率的木村先生从国外进口了大型拖拉机，还开始使用农药，搞起了大规模农业。对当时的木村先生来说，这是最值得骄傲的事情。

然而，美千子女士一接触农药就会病倒。"早知道她身体这么弱，就不在一起了，哈哈哈哈哈。"木村先生虽然会笑着说这种话，但他其实很爱美千子女士，说不定跟爱苹果树一样。于是他开始思索能否不用农药栽种苹果。若是美千子女士有能够抵御农药的身体，世界上也许就不会出现奇迹苹果了。

木村先生会跟自己的苹果树说话，因为温柔的话语会让苹果树感到高兴。这个行为产生的契机，是他在尝试无农药栽培时，苹果树一度快要枯死。那次，木村先生诚心诚意地恳求道："我不求你们开花结果，只要别枯死就行，加油啊。"然而，木村先生脸皮比较薄，不好意思对沿路和靠近隔壁农田的苹果树说话。因此，六百棵苹果树中，没有听木村先生说过话的八十二棵全都枯死了。

木村先生吸取教训后，开始怀着真正的爱意对苹果树说话。话语成了他播撒爱意的媒介。他还这样说："你们今天专程来看苹果树，它们都很高兴，会结出甜美好吃的果实。"

我问了木村先生今后的梦想。他听见"梦想"二字，先是沉默了片刻，然后说："梦想是有，就是太大了……"

接着，他又说道："我想给下一代人留下干净的地球。现在地球越来越脏了，到最后搞不好会说'我才不要人类'。我认为，减少农药用量，恢复干净的水源，是农业应该尽到的义务。我们不能一味主张权利而不顾义务，毕竟是地球一直在照顾我们啊。"

木村先生受到某个要人邀请，马上就要去韩国讲学。韩国比日本更重视木村先生搞的自然栽培，并且也在实践。到时，美千子女士也会一同前去。在此之前，两人从未结伴出门旅行。为此，美千子女士还去申请了人生第一本护照。

取材即将结束之时，我还请来了美千子女士，让她和木村先生站在果实渐渐染红的苹果树下合影留念。二人一直同甘苦共患难，已经很有夫妻相，就像一对双生子。

如果人类一直赖在地球上不断索取，地球必定会忍无可忍。木村先生正在不断探索，想及时阻止可能到来的灾难。他一边祈祷所有生物都能获得幸福，一边对苹果树轻声细语，那个样子就像精灵，不过是个嘴里缺了牙齿、满口津轻方言、略显奇怪的精灵。

生命萌发的瞬间

——哈亚那家

整整一头羊，一滴血都不能浪费。

直面生命、吸纳生命，这就是游牧民的生活。

我被那种生活吸引，在春寒料峭的时节来到蒙古。

第一次体验了牧民的蒙古包生活。

亲切热情的哈亚那撑起了一家的生活，

今天，那里也冒出了阵阵烟火气和欢笑声。

蒙古有一群游牧民，他们与家畜一道过着不断迁徙的游牧生活。家畜是他们生活所需的食物，自己养育家畜，再亲手结束那些家畜的生命，并把它们吃进嘴里。这样的生活虽然简单，但很难想象，所以我想亲自见识一番。

　　来到熙熙攘攘的乌兰巴托，还要开车行驶两个小时。途中，我见到了不少动物的尸体。看来今年的冬天格外难熬。无法过冬的生物的尸骸，就这么横亘在雪原之上。随着时间流逝，它们被鸟兽啃食，只剩下一副骸骨。然而，我并没有感到悲怆，反而充满敬佩，并对它们如此痛快的结局羡慕不已。

　　沿着颠簸的道路一路前行，总算来到了这次借宿的地点。前来迎接我的是一家之主哈亚那先生，还有他的妻子娜拉夫人，以及正在上小学二年级的外孙德尔滕小朋友。德尔滕是哈亚那夫妇大女儿的儿子，平时离开父母，在寄宿小学生活。见到同样长着亚洲面孔但语言完全不相通的我，德尔滕显得十分好奇。

　　哈亚那夫妇生活在名叫蒙古包的房子里，那是个半径三米左右的大帐篷。牧民平时就生活在这种房子里，能够提前好几年预测草场的长势，每年根据季节变化迁徙四到六次。蒙古人口约为二百七十万，其中大约一百万人都是牧民。

我马上就被领进了蒙古包。外面是零下二十摄氏度的严寒天气，蒙古包里却十分温暖，这多亏了中间的暖炉。从外面看，蒙古包显得很小，走到里面却异常宽敞。背对大门，右侧是厨房和女主人的床，正面是佛龛和衣箱，左侧则是男主人的床及其他物什。每个蒙古包都是这样的布局。所有东西都整理得井井有条，为了方便随时迁徙，房子里的物品都保持着打包状态。

因为开了天窗，屋子里很亮堂。如果天气晴朗，整个白天都有光照。蒙古包的大门都朝向正南，因此照进来的日光还能充当时钟，一看便知晓时刻。

面对远道而来的我们，主人一家特意准备了蒙古奶茶。这是与蒙古人的饮食生活息息相关的饮料，尝起来有淡淡的咸味。搭配奶茶的还有一种叫"蒙古炸果子"的油炸面食，吃起来不太甜，有着朴素的味道。

我们喝茶时，女主人开始给羊羔喂奶。蒙古包一角设有栅栏，里面养着刚生下来的小羊羔。一般，人们不会在蒙古包里饲养牲畜，但是今年实在太冷，所以小羊一出生就被转移到蒙古包里避难了。女主人捧着用塑料瓶改造的奶瓶，在里面倒入温牛奶，一头一头地抱起小羊，像给孩子喂奶一样喂养它们。

哈亚那家的绵羊和山羊合计三百多头，另外还养了牛，但

今年实在太冷，找不到足够的草料，不得不花钱去外面买草料来喂养。由于草料价格飞涨，买不起太多，所以男主人优先照顾不耐寒的牛和山羊，让耐寒的绵羊自己吃草。然而由于气温实在太低，绵羊都难以承受。母羊生下小羊后无力哺乳，只能靠牛奶补救。

都说牧民个个多才多艺。他们不仅有着丰富的自然知识，在涉及生物的领域还拥有绝佳的洞察力。无论距离多远，都能认出自己家的牲口，还知道哪头母羊生的是哪头小羊。德尔滕年龄还小，却已经是个合格的牧民，每次母羊能产奶了，他就从栅栏里挑出它的宝宝带到外面去，让它喝羊妈妈的奶。

太阳下山后，满天星辰显现出来。直到天完全黑了，蒙古包里才亮起一个灯泡。白天，牧民利用蒙古包墙上的太阳能板蓄电，需要用电的场合只有夜间照明和给手机充电。仅仅这样，就足够生活。

男主人喜欢相扑力士魁皇博之与琴欧洲胜纪，性格开朗豪放，坐在一旁大口喝伏特加。女主人则动作麻利地开始准备晚饭。她把砧板架在床上，熟练地擀好了小麦粉做的饺子皮，并做成蒙古饺子。这是蒙古最具代表性的料理，当地人经常吃它。在乌兰巴托，最盛行的快餐也是蒙古饺子。这天，女主人包了肉和蔬菜馅儿的水饺，用水煮熟。如果做炸饺子或蒸饺子，还要适当调节皮的厚度。

生活在同一屋檐下，女主人默默地做着家
务，男主人喝着小酒，享受微醺的感觉。只
靠一团炉火，巧手的女主人就做出了各色料
理。所有食物的材料基本都是肉和小麦粉，
但也被做成了很多花样。

我一直以为牧民吃的都是羊肉，然而他们只在夏天宰羊食用。那时羊吃饱了草，长得正肥美。冬天的羊太瘦了，所以不好吃。虽然我很想看看宰羊的场面，但也不能因此浪费了宝贵的羊。冬天吃的肉，是秋天宰好保存起来的牛肉。这里的牛肉味道有点儿重，就像在日本吃的羊肉。

蒙古最难熬的三月到四月正是羊下崽的季节。牧民各自都有分工，男主人负责母羊和去势的公羊。只在每年十月让种羊归群。羊怀孕的时间为五个月，这样到了春天，正好就能下崽。春季进行繁育，母羊和小羊都不易得病，到了夏天，小羊已经长大，再到秋天就能交配了。秋天怀孕，越冬后春天下崽，夏天放牧，这就是一个循环。如此一来，就能保证羊的数量足以维持家庭的生计。可以说，这是自然与人类智慧共同的结晶。但是今年异常寒冷，打破了这一循环。对牧民来说，气候不稳定是事关性命的大问题。

早上醒来时，昨晚还在咩咩叫的小羊羔已经死了两只。德尔滕很快便将小羊的尸体挂在了外面小屋的屋檐下。牧民会剥下死羊羔的毛皮，将肉体归还大地。他们不吃死兽的肉。红色的肉体躺在白色的积雪上，闪闪发光。剥下的毛皮能当作冬季的暖垫。

身为家畜就是这样，得不到名字，也没有墓穴，死后只会被扔在屋外。它们也从来得不到祭奠的仪式。对此，我略有些吃惊。然而事实就摆在眼前。

我带着肃穆的心情回到蒙古包，虽然刚死了两只小羊，但又有一只新生的小羊被带了进来。降生、死去，继续降生、死去，永远循环。大地默默无闻地守护着生命的规律。

早饭后，我与男主人一同放羊。羊晚上住在外面的兽舍里，白天被带出去吃草。虽说是吃草，地上也几乎只有枯草。羊只需再忍耐一个月，就能吃到嫩绿的青草了，所以我现在只希望它们能努力活下去。羊爬上了凹凸不平的石头山。怀孕的母羊容易疲劳，不好攀爬，所以男主人和德尔滕会扶着它们的腰帮忙。

好不容易爬到了山顶，眼前的风景竟让我一时间说不出话来。不可名状的泪水夺眶而出，顺着脸颊流淌。这座山不高，大约十分钟就能爬上来。尽管如此，这里的风景还是跟蒙古包那边截然不同。三百六十度一望无际的平原上，只有男主人家的蒙古包孤零零地匍匐在地上，烟囱冒出了一缕青烟。那就是视野之内的所有人造之物。

大地边缘的高山披上了积雪的薄纱，如同黄金之海的平原上，封冻的河水闪烁着银光。我何曾感叹过地球竟如此美丽？此时此刻，我无条件地感到了生的喜悦。漂浮在脑中的尘埃，仿佛被吹了个干净。之前那些烦恼，霎时间显得如此渺小而无趣，且如此傲慢。

我带着被洗净的心灵和满满的感动回到蒙古包，女主人正

在缝制德勒。德勒是蒙古的传统民族服饰。冬天不需要放牧，也不需要挤奶，所以牧民女性常在家中做这种工作。

然而，最近缝制德勒的人好像越来越少了。女主人真的非常勤劳，一整天都在家里不停地做事。这对牧民女性来说，是理所当然的生活。我看着女主人的背影，心中不断感叹：劳动就是活动身体啊。

那天一整天都在刮大风。蒙古的春天无论对人还是对牲畜来说都非常难熬。但正因为难熬，蒙古包里的温暖才更沁人心脾。一家人自然而然地围坐在火炉边取暖，加之距离最近的人家也有一千米之遥，对客人更是热情有加。不用热闹地谈话，只是静静地坐在蒙古包里，人与人之间就能互通心意，真是不可思议。生活在同一个地方、吃同一种食物的人就是家人，这本是理所当然的事实，但哈亚那一家让我深刻体会到了这一点。

这次住宿只有短短的三天两夜，但我在这段时间里体会到了心灵的自由，得到了无可替代的宝贵经验。其实，人只要没有忘却生活的智慧，那么凭借自己的食物与寥寥几样生活用具，无论在哪里都能生活下去。只要心中时常怀有这样的认知，就算将来遇到挫折，也必然能回忆起最重要的事情。

临走时，我又一次躺倒在地。背部紧紧贴着地球的感觉，无论体验多少次都难以舍弃。这样躺着，仿佛能听见地球的心跳声。我试着想象这片荒凉的大地化作一片绿海的光景。那是让人沉醉的梦幻景象。

尽管如此，我还是认为在这严寒的季节造访真是来对了。唯有在严酷的环境中，生命才会拼尽全力，奇迹般地诞生。而我有幸目睹了那一刻。

大海的另一头，是一片广阔的大地。

迎接我回归的，

是熟悉的家人，以及熟悉的味道。

『生活，就是吃饭。』

蒙古爸爸和蒙古妈妈教会我这件事。

这个暑假，我想对他们尽孝。

活着就是口福

——哈亚那家之夏

⚲ 蒙古

下午六点多，我走出了成吉思汗国际机场。接着，我直奔住在阿勒坦布拉格的哈亚那一家的蒙古包。虽然已是黄昏，但太阳还高挂在空中，洒下堪比正午的强烈阳光。我沿着早已习惯的蒙古土路，一路行驶。

　　每次我都会感叹：蒙古人都是如何找到目的地呢？这里几乎看不到路标，车上也没有导航仪，更没有标明正确地点的地址。然而，车子每次都能把我带到目的地。据说当地人都根据比较高的山包和地貌特征来记路，但是在我这个日本人眼中，每座山看起来都是一个样子。蒙古的国土面积约为日本的四倍。这里的人就是骑马或驾车，在如此广阔的土地上纵横来往。人们对大自然的观察力恐怕已经磨炼到了至高境界。牧民都是通过天空、大地和牲畜，还有大自然的一切获取信息。

　　天光尚未完全消退时，我平安到达了哈亚那家的蒙古包。牧民不会长居在一处，而是时常迁徙。就算去上次见面的地方，也不一定能碰到他们。

　　最先开门出来迎接我的，是女主人娜拉。上次访问是三月底，我们已经三个月没见了。她一看见我，脸上就笑开了花。接着，男主人也走了出来。

他们欢迎我的态度如此热烈，让我不禁有些害羞。欢呼、拥抱，继而牵着我的手走进蒙古包。我真的没想到，他们竟会如此高兴。仅仅是见到两位的笑容，这趟远行也值得了。我顿时感到全身的疲劳一扫而空。看来，我在蒙古也拥有了家人。对我来说，哈亚那先生就是蒙古爸爸，娜拉女士就是蒙古妈妈。

外面天色已经转暗，蒙古妈妈很快就拿出了奶茶和饼干。三个月前战战兢兢含入口中的蒙古奶茶，如今已成了让人怀念的味道。

"很多人都说下次会再来，实际再来的人没有几个。"蒙古爸爸兴奋地告诉我。的确，我是很想再来，却万万没想到这么快！上次几乎没能帮上妈妈什么忙，这次我一定要大显身手。因为蒙古给了我许多活力，我要报答这份恩情。

第二天早晨，先到附近的小河边打水。日头升高后，水温也会变高，导致水体混浊，所以打水要趁早。饮用水和做饭的水都是河水。在气候干燥的蒙古，水是很宝贵的资源。

春天来访时，这里还是零下二十摄氏度的严寒天气，每天绝大部分时间都在蒙古包里度过。蒙古包中央的火炉，就像磁铁一样吸引了所有家庭成员。

不过现在是夏天，平时都在外面用火炉做饭。火炉并非固

定的款式，天气太热时移到户外便可。这种小小的细节也融入了牧民的生活智慧，让我不禁感动。迎着朝阳，我和蒙古妈妈耐心等待水烧开。

听说那次我春天做客结束后，爸爸到乌兰巴托的医院住了一个月。他头部长了肿瘤，因此需要做手术切除。因为是良性肿瘤，所以没有演变成大问题，不过在此期间，蒙古妈妈也留在乌兰巴托一直陪着他。我作为日本人也能想象到，那对牧民家庭来说一定是极为麻烦的事情。而且今年冬天尤为寒冷，整个蒙古死了好多羊。家养牲畜的死去对牧民来说是最大的耻辱，所以很难统计准确的受灾数据，但可以肯定，那是威胁蒙古人饮食生活的大灾。

蒙古爸爸的羊也不例外。春天我停留的那短短几天，就有刚出生的小羊羔不断死去。在这种情况下住院，可见形势之艰难。听说他们卖了绵羊身上的羊毛，才凑齐了住院费用。昨天因为天色已晚，不怎么能看清，今天仔细一看，蒙古爸爸右耳下方到颈部的确有一条长长的手术疤痕。他现在身体还没完全恢复，所以家里的牲畜都由住在隔壁蒙古包的长子夫妻照料。

吃过早饭，蒙古妈妈带我去了春天扎蒙古包的地点。当时，封冻的小河已经恢复了流水潺潺的景象。蒙古妈妈走着走着，就轻轻牵起了我的手。我上次来到这里，她连散步的时间都没有，从早到晚都在忙碌。也因为这样，我几乎没怎么跟她说上话。也许对牧民来说，夏天是能够让身心休憩的短暂时节。春天长满枯草的大地，此时已经披上了薄薄的绿衣。

之后，我们一起坐车去看那达慕大会的练习。那达慕大会是蒙古人都很喜欢的牧民庆典，有赛马、摔跤和射箭比赛。赛马的骑手都是五岁到十三岁的孩子，今年住在隔壁蒙古包的孙子也要参赛。

不过，牧民究竟吃不吃马肉始终是个谜。据说牧民视马匹为家人，所以不吃马肉。可是春天来访时，妈妈给我做的最后一顿好吃的煎饺，就是马肉馅的。这回我鼓起勇气问了一句，原来吃不吃马肉要看各人的选择。

马的寿命大约为二十五年，进入衰老期后身体就会渐渐衰弱，会被宰了吃或卖掉。偶尔有特别优秀的马匹，人们会将它放归自然，让其老死。不过绝大多数马最后都会被宰杀。蒙古爸爸最喜欢的就是马肉，会在自家养的马里挑出肉质看起来最好的马匹，优先提供牧草。

宰马也跟宰羊一样，要自己动手。这种时候，蒙古人绝不会直接用"宰杀"这样的词汇，而是说"做冬天的食物"或"出"，这样更委婉温和。对牧民来说，五畜——牛、马、山羊、绵羊和骆驼，都是宝贝，一定要万分珍惜。

回到蒙古包里，蒙古妈妈马上开始准备午饭。蒙古的夏天号称一天四季，但是由于气象异常，今年格外炎热，白天温度

110

早饭后，蒙古妈妈做了好喝的奶茶。奶皮混合稗子粉
让口感柔软，再加入蒙古奶茶、小麦粉和白糖，香香
甜甜，很好入口。这种美味平时不怎么喝，是格外奢
侈的东西。刚做好的炸饼子又黄又酥。

可高达四十摄氏度。在炎炎烈日之下准备饭菜实在太辛苦了。尽管如此，她还是没有怨言，坚持为家人制作好吃的东西。今天的午饭是炒面。当然，面也是自己用小麦粉做的。牧民的饮食基本就是肉和小麦粉的组合。

午饭过后，一家人回到蒙古包里午睡。如果不这样，在环境严苛的蒙古就很容易体力不支。夏天，人们减少了覆盖蒙古包的布料，底部也稍微悬空，让凉风吹进来，午睡更舒适。

傍晚六点，又要开始准备晚饭。收集牛粪用作燃料是蒙古爸爸的工作。我也拿起桶，跟他一起去拾牛粪。牛粪其实相当于碾碎的草渣儿。蒙古的土地并不肥沃，远看是青葱的草原，走近一看就会发现许多粗糙的石块，上面长的草又硬又带刺。草原上看不到几棵树，所以牛粪是非常宝贵的燃料。牧民就是这样利用大自然的循环维持生活。

蒙古妈妈做的晚饭是炸饼子。把放久了的面包切成细条，裹上鸡蛋和洋葱油炸。由于全程只靠一个炉子的火，用一口锅做饭，所以无论烧开水还是烧饭都很花时间。要是在东京也这样，我肯定会心烦意乱。但是在这里，慢悠悠等待的时间充满了幸福。

天空染上了淡淡的粉红色，远处是小小的山丘，羊群从旁边路过，附近的人骑着马来串门。小脸晒得黝黑的孩子在草地上摔跤、欢笑，锅里传来吱吱的油炸声。牧民的生活绝不轻松，但每天都有这样的瞬间，仿佛在犒劳人们一日的艰辛。遮掩心灵的窗帘，在这一刻缓缓打开。

就像约好了一样，太阳刚要下山，饭菜就端了上来。此时没有风，我们把桌子搬到户外，看着夕阳吃饭。这顿饭没有使用任何奢侈的食材，但是无比美味。炸饼子又香又脆，怎么吃都不腻。

蒙古妈妈满脑子都装着家人的饮食，说她的生活就是为了做饭也不为过。除了睡觉时间，她一直在准备饭菜。自己养的家畜，也是为了填饱一家人的肚子。在这里，生存与饮食相连，人们为了吃而工作。这种简单、厚重、节俭的生活，似乎激起了我心中早已淡忘的东西。

牧民所持之物不多，不依赖土地，钱也没有多少。可是，正因为不执着于这些，他们才能自由自在。我觉得，牧民都是充满了生活智慧的人。他们连一个空塑料瓶都不会浪费，比如今年春天，蒙古妈妈就在瓶身上剪了个洞灌进牛奶，给羊羔喂食。夏天，在靠近瓶口的地方扎几个小洞，再切掉平底，倒过来灌满水，就能把瓶盖当成简易的水龙头使用。如果换作是我，还没思考如何二次利用，就会用钱购买专门的工具了。假如地球突然面临巨大的危机，能存活到最后的人，也许不是我们这些拥有更先进的文明的人，而是拥有原始生存力量的人。

从日落到天色变暗的瞬间，天空被染成了一片柔和的色彩，让人仿佛置身天国。吃完饭，一家人到隔壁长子夫妻的蒙古包去取新鲜的牛奶。蒙古妈妈特意举高奶罐往下倒牛奶，让表面形成绵密的泡沫。这样一来，就能得到一层奶油。

第二天早晨，我们又浩浩荡荡地过去取奶油了。这种奶油在这里称为奶皮，是牧民夏天最喜爱的乳制品。但是今年受到异常寒潮的影响，牛吃的草不够，牛奶产量也变少了。

我尝了一口宝贵的奶皮，味道浓郁醇厚。本想回到日本后自己也试着做，但是听说只有新鲜的牛奶能做成奶皮。回到蒙古包后，我们马上用面包蘸着奶皮吃了起来。

蒙古妈妈实在太会照顾人了。我说想用面包配奶皮和果酱，她就给我抹了小山一样的奶皮，又淋了好多草莓酱。吃完一片，她又做了一片往我嘴里塞。按照蒙古礼仪，主人递过来的食物，客人必须吃，所以我就一直吃到再也装不下了。只要家人从外面回来，蒙古妈妈就会倒茶，午睡醒来也会给我塞饼干。我到别的蒙古包去做客，也一定有茶和点心。据说，若是吃饭时间来了客人，一定会留他们一起吃饭。

牧民的生活并非不乏食物，但也许正因为如此，才要互相帮助，填饱肚子，生存下去。蒙古妈妈连尝味道的时候，也要给在场每个人都分一口。

做客的最后一晚，我亲手做了咖喱饭。蒙古爸爸身体不太好，蒙古妈妈又一直在忙活，所以我想帮他们分担一些劳动。

两人最享受的，就是我的按摩。他们甚至很认真地问我："你真的不是按摩师吗？"

最让我好奇的是，明明是夏天，哈亚那家却一次都没有做羊肉。我本以为这个时期的每顿饭都离不开羊肉呢。后来蒙古妈妈向我解释，因为他们没有冰箱，这个季节宰了羊也很难保存，还会引来很多苍蝇。我猜，因为蒙古爸爸住院花了一大笔钱，他们也许想省着点儿吃，把羊拿到市场上卖。今年死了那么多羊，听说乌兰巴托的肉价都涨了不少。只要家人忍住不吃，就能拿去换钱。

代替羊肉用在饭菜里的，是风干的牛肉。春天来访时我也吃了这种肉，早已习惯它的味道。牧民宰了牛后会晒成硬硬的肉干，保存在专用容器里，每次要吃就捶一块下来，撕成肉丝做菜。

临走前，蒙古妈妈让我带了一些牛肉干。她好像真的把我当成了女儿，一拿就是一大摞。我说那是宝贵的食材，只拿一点儿就好，可她就是坚持要给。她还说要让我的日本朋友看看牛本来的样子，给我装了一些能看出骨头形状的牛肉干。她先将牛肉装进布口袋，用针线封口，再套上一层塑料袋，最后找了一块天蓝色布头裁剪成细细的丝带，系了个可爱的蝴蝶结。

我学会了一句表达"谢谢"的蒙古话，由于我只会说这句话，所以反反复复说了好多次。

如今，牧民的生活进入转变期。随着汽车、摩托车、手机和电视机的普及，牧民有好多本领正在渐渐退化。人们主要的移动手段不再是骑马，只要看电视上的天气预报就能获知后面几天的天气。许多年轻人即使生在牧民家庭，也希望不再成为牧民。越来越多的人也不爱穿传统民族服饰了。说不定在不久的将来，还会出现不会骑马的牧民。

其实日本也走在同一条道路上，外部人士很难简单断言这究竟是好还是坏。牧民的生活过于艰苦，因此不能一概否定他们追求方便的生活。

尽管如此，我还是希望不管世界如何改变，牧民依旧能保持原来的样子。生活就是饮食。他们都在身体力行这个牢不可破的真理。

自古传承的鲑鱼返乡之旅

——拼上性命，传递生命

出生四年后，鲑鱼为了产卵，会展开为期三个星期的回乡之旅。

它们的总数，约有三亿。

拼上性命，溯川而上。

这就是鲑鱼返乡的故事。

二〇一〇年十月八日，基洛纳奥卡纳干湖畔——还不到清晨八点，我就从旅馆出发，沿着九十七号线北上，目的地是亚当河。蜂蜜色的朝阳透过云层倾洒下来，照亮了葡萄园茂密的叶片。

罗海布朗省立公园已经停放了许多观光巴士。想必参观鲑鱼产卵，是附近居民的一大乐事。其中还有举办课外活动的孩子。

我按捺不住兴奋的心情，快步走向河畔，伸头打量水底。如镜子一般澄清的水中，真的有好多鲑鱼，到处都是。这些红鲑鱼除了头部，身体其他部分都是夕阳般的深红色。之所以会变成这种颜色，是因为逆流而上时受了伤。

它们的头又细又尖，体格硕大而粗糙的是雄鱼，体格较小且光滑的是雌鱼。有的鲑鱼选在水流较缓的河岸附近，一边休息一边慢慢前进；有的鲑鱼则在水流较快的河中央，宛如流星般划过。

我看到的都是四年前出生在这里的鲑鱼。据说雌雄成对的鲑鱼每次可产下数千颗卵，最终能在四年后回到这里的，只有两条而已。所以，眼前这些鲑鱼其实都经历了无比残酷的生存竞争，如今回到自己出生的地方，正在为了完成使命而冲向最后的难关。鲑鱼从太平洋溯水进入河川，要花大约两周时间才能到达适合产卵的上游河段，其间它们一直奋力游动，什么都不吃。

鲑鱼经过几乎暴露整个身体的浅滩，激起一片水花专心冲刺的模样最为动人。有些鱼的背鳍已经破碎，有些鱼连鳞片都剥落了。

雄鱼与雌鱼配对完毕后，雌鱼开始寻找适合产卵的浅滩。定好地点，便轮到雄鱼身体瘫倒，用全身扫开浅滩上的小石子和沙砾。整顿好产卵环境，雌鱼开始产卵。

一对鲑鱼在离我不足一米的超近距离产卵。雌鱼用力拍动河水，弓着身子产下鱼卵。接着，雄鱼振动尾部洒下精子。雄鱼和雌鱼都逆流游动，保持在一个位置，紧贴着彼此。后来的其他雄鱼会试图捣乱，但原配雄鱼每次都会上前威胁，保护雌鱼。

两条鲑鱼互相磨蹭着身体，轻轻震颤着，重复产卵的动作，其间不时停下来休息。即使它们被水流分开，也会立刻磁石似的重新贴合，继续产卵。这就是赋予两条鲑鱼的最后使命。

不远处，一条貌似完成任务的大雄鱼从上流被冲着翻滚下来。尽管如此，它仿佛还在抵抗命运，不时猛地抽动身体，再次往上游冲刺。

同一年出生在同一条河里的雄鱼和雌鱼，在留下后代后很快结束了四年的返乡生涯。生命走到尽头后，刚才还鼓起最后的力气溯川而上的鲑鱼便不再抵抗，任凭自己被水流冲走。有的鱼被冲到河岸上，有的鱼则漂到了下游的湖中。

河边的森林里有条小路通往湖畔。我朝着下游缓缓行走，头顶不时飘落几片发黄的树叶。抬头一看，眼前是让人忍不住伸手去触碰的蔚蓝天空。不知什么植物的绒毛在穿过树冠的阳光中飞舞，仿佛小小的外星飞船。

鲑鱼结束了自太平洋远道而来的五百千米的旅程，最后顺水进入湖中休憩。在那里，许多鲑鱼的尸体被冲上了湖岸，引来一群海鸥啄食。有的鱼没了半边身子，有的鱼被挖掉了眼睛，有的鱼只剩下骨和皮。这就是勇敢展开溯川之旅的鲑鱼最后的模样。

尽管如此，它们还是留下了浓烈的鱼腥味，仿佛要证明自己存在过。明明是一股腐臭，我却感到其中充斥着生命力。力竭而死的鲑鱼将会化作泥土，回归大地，成为其他生命的养料。生命是流动的，总在变换不同的形态，循环再生。

鲑鱼能回到出生地的原因有多种说法，其中最有力的说法就是，它们记得水的气味。莫非，它们记住的是父亲和母亲融入河川的气味？

也许，这就是一段完整的生命旅程。它们既不神圣，也不卑贱，只是存活着，直到死亡。拼上性命，延续生命。鲑鱼这种简单的生活，让人无比向往。人总会去追寻生存的目的和意义，然而，仅仅是走完生命的旅程，也许就够了。只要活着，就有意义。意识到这一点后，我突然松了口气，感受到一阵安宁。

我想将这种感觉镌刻在记忆的深处，于是深深吸了一口气。空气中带着泥土和树叶的清香，还有一股淡淡的鱼腥气。四年后，我打算再次回到这里。我要再来目睹这些鲑鱼强大而美丽的身影。

从太古延续至今的鲑鱼返乡之旅，将会永远持续下去。

已经被评为世界遗产，

拥有一百多年历史，

这就是柏林的集合住宅。

从祖父母辈到父母辈，再到孙辈、曾孙辈，

陈旧而充满感情的住所，

以及融入了住所的所有回忆，

都像故事一样不断传承。

越老越爱

——阳光之家，绿色庭院

德国柏林

我带着散步的心情出门旅游了。第一次来德国，第一次来柏林。我旅行的伙伴，是德国鞋商勃肯。勃肯的鞋太好穿了，我在东京也常穿，这次直接把它穿到了柏林。

　　我的第一站，是柏林的象征——从天使塔笔直延伸出去的蒂尔加滕公园。

　　这座公园的名称在德语里指"动物庭院"，里面的植被郁郁葱葱，宛如一片森林。据说，这里以前是国王的私家猎场。远远超越人类之手的高大树木在那里悠然舒展着枝叶。

　　虽然是黄昏，但天色还亮，人和动物都沉浸在一日即将终结的余兴当中。开设在树荫下的可爱露天碑酒店聚集了三五成群的亲友，清风宜人的运河河畔有位大叔正在专心弹奏吉他。漂亮的野鸭浮于平静的水面，野兔母子在草原上努力进食，遍野盛开着灿烂的野花。行走在蒂尔加滕公园，我不禁有点儿爱上了柏林。

　　这次旅行的目标，是拜访柏林市郊的集合住宅。德国全境有许多集合住宅，大约九十年前兴建的"柏林现代主义集合住宅群"最具历史价值，并在二〇〇八年被评为世界文化遗产。而此时此刻，依旧有柏林普通市民生活在那里。

被评为世界遗产的，是位于柏林市郊的六处集合住宅。其中许多居民都是老年人，但因为居住环境舒适、设计方便实用，再加上价格不高，目前也有许多艺术家和年轻人在申请入住。

在柏林被一道高墙隔断之前，这些集合住宅就已经兴建起来了。一九一三年到一九三四年间，为了缓解工人阶级住宅不足的问题，德国专门设计了这种让居民生活更舒适的住宅，这在当时可谓划时代的举措。这里有适合低收入者的房间，每户都有厨房、浴室和阳台。

负责工程的中心人物就是布鲁诺·陶特。这个人不仅是杰出的建筑师，还参与了世界各地的艺术和城市策划项目，并且深深影响了日本手工艺的美术学校及包豪斯运动。

一个荡漾着初夏气息的舒适周末，我拜访了集合住宅里的两户人家。

先来到柏林市南郊，拜访位于联邦德国新克尔恩的布里茨集合住宅。俯瞰这个地方，会发现建筑物呈巨大的马蹄形状，中央是一个大公园。

米里亚姆·斯托克带我参观了他的家。米里亚姆今年十八岁，因为父母外出休假，只有他留在家中。门前，酒红色的外壁搭配淡蓝色的大门，十分清新亮眼，而且墙壁和大门的颜色都保持着初始设计，居民不允许随意变更外观颜色和材质。

三年前，他们买下了这座房子，居住面积竟然只有十六平方米。连天花板都只有三米左右高，按照德国住宅的平均标准，这个高度非常低。

房间里的门和墙壁都涂成了白色，还把原本的红色地漆刮掉并重新上了色。对许多德国人来说，自己亲手装修房子是理所当然的事情，必要时连家具和收纳柜都自己制作。

只靠房子原先配置的中央制暖系统，在冬天还是过于寒冷，所以一楼起居室安装了样式新颖的火炉，搬家前就一直使用的系统厨房也被移到了现在的厨房里。建筑物本身虽然很老，但是只要添置一些方便的电器，再加上本来就先进的上下水设计，生活也舒适自在。

最重要的地方，在于厨房窗外的广阔美景。那片美丽的庭院粗略估计足有一百平方米，里面开满了五彩斑斓的当季花朵。柏林的冬天漫长而艰苦，如今这片土地终于穿过那条阴暗的隧道，沐浴在和煦的阳光里，众多植物都用色彩和外形表达着喜悦之情。

两家庭院的围栏很矮，只到成人的腰部左右，抬眼就能看到左邻右舍侍弄花草和晾晒衣物的情景。正因为这样，所有院子连成一片，显得十分开阔，并且谁都能注意到周围的动静，反而起到了监视和防范陌生人入侵的效果。

米里亚姆跟随父母搬到这里时，邀请左右各三户邻居办了个烧烤派对。有时邻居老奶奶饭菜做多了，还会分过来一些。可以说，这里也保持着像东京市井那样恰到好处的邻里关系。

坐在庭院一角的椅子上，阵阵舒适的微风拂过，满眼尽是郁郁葱葱的绿色。侧耳倾听，四面八方传来了各式鸟鸣。抬起头看，则是一片广阔无垠的蓝天。德国几乎没有地震，所以电线全部埋在地下。许多人家还在树上安放自己亲手制作的鸟巢，让这里变成鸟儿的乐园。地上，黏人的暹罗猫摊开四肢，睡得正酣。

我与米里亚姆道别，意犹未尽地漫步在家家户户。这里有许多像迷宫一样的狭小道路，能越过围墙参观别人家的院子，也能看到人们各自享受着日光浴，或是看书，或是打理庭院。尽量不花钱度过快乐的周末，是柏林人的拿手好戏。

第二天，我来到了柏林市东南部特雷普托地区（曾属民主德国）的集合住宅沃克堡花园街，拜访居住在这里的霍赫（Hoch）一家。"Hoch"在德语中是"高"的意思，而霍赫先生果真是个身高超过两米的人。这也是我学会的第一个德语单词。

刚一进门，我就忍不住感叹起来。只看一眼这里的布局，心情就会平静下来，所有的浮躁缓缓沉淀。缓缓的石板上坡路两旁是色彩和谐的房屋，中间有一大片浓浓的绿意。虽然外观使用了多种色彩，但并不会给人留下杂乱的印象。这里正如其名，是将重点放在花园的集合住宅。

这里的建筑物宛如童话中描绘的房屋，笔直的线条和规整的颜色组合散发着德国独有的精确感，不愧是布鲁诺·陶特的杰作。房屋的外观丝毫不落伍，至今仍旧显得新颖而美丽，气派得仿若日本高级住宅区。

走进霍赫先生家中，透过窗子就能看到仿佛无边无际的绿色花园。房间本身并不算大，而且对霍赫先生的身高来说，这里的高度也略显不足，但是周围的绿色植物和色彩缤纷的花朵让世界骤然变得广阔，给人以开放的感觉。这里随处可见人们带着"居住的意义是什么"的思考不断试错的时代痕迹。

自一九一三年建成，沃克堡花园街就一直采取只租不卖的居住方式。让人惊讶的是，它虽然仅供租赁，也有不少家庭世世代代生活在这里，传承着房间和庭院。那就意味着，居住在这里的确非常舒适，能让人对生活产生热爱。

霍赫先生的朋友兼邻居拉佐卡特先生便是如此。他在这里出生、长大，生活了六十四年。他的祖父母是第一批入住者，一家人在这里见证了第一次世界大战、第二次世界大战、民主德国时期和柏林墙的倒塌。一开始，大家都在花园里种植果树，互帮互助，试图实现自给自足。苹果、樱桃、洋梨、李子……拉佐卡特先生从小就从树上直接摘水果吃。

从祖父辈传到父辈，再传到自己这一辈和下一辈，围绕这个家的故事不断传承，人们都十分珍重那些记忆，精心打理着这里的生活。也许，这就是建筑物本身能一直保留初建模样的秘诀。

我们聚集在苹果树下，霍赫先生的伴侣扎比内让我尝了她自己烤的苹果饼干。扎比内出生于民主德国，本来就在这一带出生、长大。现在虽然能够自由前往各个地方，但她还是最喜欢沃克堡花园街的幽静。世间的节奏越快，坐在花园里接触大自然，找回人类天生的活力与感性才越重要，不是吗？看着霍赫先生引以为傲的花园，我不禁感到一阵温暖。

在这里，我也有幸得到了逛花园的机会。

各家花园之间蜿蜒着只能容一人通过的小径，当季的花草郁郁葱葱，让小径变成了绿色的隧道。我漫无目的地跟随枝叶的指引行走，背上仿佛长出了看不见的翅膀，心早已向着大千世界起飞。花园让时间的流动重新放慢，使人沉浸在浪漫的情怀中。我真想永远在这里漫步下去。

回过神来，我已经彻底爱上了柏林这座城市。今年是柏林墙倒塌的第二十四年，新生的柏林已经走过四分之一个世纪。东西文化在互相碰撞、影响的同时，也塑造了柏林独特的文化。大约一百年前建成的中庭餐馆、民主德国时期的公寓里开设的手工咖啡店，以及有机食品超市、跳蚤市场，也都不存在东西之分，充满了柏林大方而自由的气息。

风在舞动，光在跳跃，鸟儿在歌唱。人们则在其中享受着生活的乐趣。我在这颗星球上，又发现了新的圣地。

漫步在城中，
随处都飘荡着——
咖啡的清香。
若是走累了，
就坐在几位常客中间，休息片刻。

飘着咖啡香的小镇

——咖啡城的温暖纪行

⚲ 爱媛县松山

我来到了伊予之国松山。这片广阔的地区曾经是以松山城为依托发展起来的，如今成了日本国内有名的咖啡文化之城。城区内洋溢着宁静而轻松的气氛，既有从昭和时代持续至今的怀旧咖啡店，也有引进国外咖啡文化的时尚咖啡厅。

　　我的第一站，是引领松山咖啡文化的"Nature"咖啡馆。店主藤山健先生曾在大报社担任摄影师，后来成为自由摄影师。在悉尼居住十年后，回到家乡松山开起了咖啡馆。他本来就在这一带出生、长大，从小就想在松山规模最大的大道商店街拥有一家属于自己的店铺。

　　藤山先生是"拉花之王"大卫·休谟的亲传弟子之一，无论是在店内提供意式浓缩，还是引进咖啡拉花，他都是松山第一人。

　　在藤山先生的推荐下，我品尝了"Hammer Jammer"。这是一种黑咖啡，在意式浓缩里加入了法压壶冲制的咖啡。喝起来虽然苦，但是有着温柔的回甘。等我猛地精神起来，寻访咖啡馆和咖啡厅的旅途总算正式开始。

中午，我品尝了松山有名的锅乌冬，又参观了松山城，下一站就是卡巴莱咖啡厅。卡巴莱是带有娱乐场所的餐饮店。这家店开业已有五年时间。

曾经，这里是一间煞风景的办公室，后来店主曾我部洋先生以戈达尔电影中的咖啡厅为原型，畅想着自己尚未真正见过的巴黎，独自打造了现在的咖啡厅。白天，室内采光充足，黄昏时最适合想想心事。到了夜晚，街灯又让店铺笼罩在迷人的色彩中。就算能将外表打造成法式小酒馆风情，要真正酝酿出卡巴莱的气氛，还需要相当的决心与努力。曾我部洋先生说："我想一边追求餐品和服务的完善，一边放松心情，坦率地经营。"也许，这种平衡的掌握，就是打造好咖啡厅的秘诀之一。

第二日，我早早起来，乘上路面电车，前往道后温泉。此时我再次感叹：这里真的有好多咖啡馆。这里一家，那里一家，绵延不绝。而且松山的咖啡馆大多设有卡座，也许这里的人都养成了点一杯饮品闲聊的生活习惯。二十分钟后，我抵达道后温泉站。

泡完温泉身体暖洋洋的，再去吃早餐。我想找一家充满人情味的小城咖啡馆，就去了离道后温泉站不远的加莱咖啡馆。我坐在窗边凝望外面的人群，享用蜂蜜吐司早餐。大玻璃窗外面，星期日清晨的气息渐渐扩散开来。吃完早餐，我喝着咖啡，翻开了文库本《坂上之云》。我早就想在松山读读这本与当地相

135

关的小说。

"这里视野不错吧。"在店里工作了二十年的蜂须贺律子女士说。

"那个人年纪也很大了呀，好像都有孙子了。"说完，她开朗地笑了起来。据说，上一代店主老爷爷经常说，坐落在拐角的店要肩负责任。

"这里是商店街的入口。如果我们关着门，就好像整条街的店铺都没开。"所以，除非家中有人婚丧嫁娶，这家店每天从早晨七点开到晚上十点，从不休息。

与加莱咖啡馆相隔几个店面的，就是同一条商店街的"浪漫咖啡一遍堂"。这也是一家保留着古老风情的咖啡馆。它不仅是道后最老的咖啡馆，而且资历在整个松山都排在前三位。打理咖啡馆的人是本田惠美子女士。她的背影像个辣妹，笑起来格外迷人，因此常客都亲昵地管她叫妈妈或者小惠美。

惠美子女士的父亲新田兼市先生在"二战"结束后不久就开了这家店。一开始，这里并不是咖啡厅，而是最中饼[4]店。我马上点了一份标明"妈妈力荐的点心"的大正浪漫芭菲。这份芭菲由惠美子女士亲手制作，传承了最中饼时代的味道，洒满了她引以为傲的红豆馅儿。

---

4 一种豆沙馅儿点心。——编者注

据说，惠美子女士从初中起就喜欢到店里来，每次兼市先生都让她"躲开点儿"，可她还是按捺不住天生的待客之心。家中其他姐妹都嫁人了，唯有惠美子女士留下来，继承了父亲的咖啡馆。

"在这里啊，可以跟全世界的人成为朋友。"惠美子女士高兴地对我说。最近，店里不仅来了韩国、中国等邻国的游客，还出现了欧洲和北美国家的游客。惠美子女士基本都靠比手画脚与他们交流，或者让懂英语的女儿来应对。前几天，她女儿就给一家法国人指了去道后温泉的路。

惠美子女士是个从头到尾都明快开朗的人。一谈到自己最喜欢的卡拉OK，她就变得更兴奋了。"我会穿上女儿的迷你裙，站在那里又唱又跳。"她略显羞涩地说着，一边工作一边表演起了唱跳的动作。也许很多客人经常光顾这家店，都是为了见到惠美子女士。我希望，惠美子女士就算到了一百岁，也依旧是道后的偶像。

当然，年轻人也不服输。现在，松山正流行着一股空前绝后的咖啡店热潮。也许是因为在这里开店比在大城市更轻松，城里随处可见新开的咖啡厅。市中心的咖啡店，最近已经进入饱和状态，不少店铺都溢到了郊外。许多年轻人离开松山后，在外面的世界接触了各种各样的文化，后来又回到松山，给故乡带来了新的风潮。

"Salon de Emu"就是其中之一。店主河野夫妇亲自寻找土地，从零开始修建自己理想中的建筑，把这里当成了自己的宝物盒。他们追求与城里截然不同的田园牧歌气氛，营造了一个慢悠悠喝茶休憩的场所。

第三天是这趟旅行的最后一天。早上，我去了萩饼很出名的甜品店"御吉野"。走进店里的瞬间，我就感受到怀旧之风扑面而来。现在经营店铺的人，是杉野史枝女士的女儿中泽朱花女士。

一九四九年，史枝女士的御吉野开张了。当时"二战"刚结束，物资严重匮乏。史枝女士在战争中失去了丈夫，为了独自抚养孩子长大，她在黑市买来了白砂糖和红豆，在临时搭建的板房里做起了生意。经过两三次搬迁，她最终来到这个地方，经营了半个多世纪的甜品店。

"店里装潢虽然破破烂烂，但是以前来过的客人后来再上门，都会高兴地说这里一点儿都没变。"朱花女士套着一件素雅的雪白罩衫，说着就温柔地笑了。

据说，出生在明治时代的史枝女士总说"我们家的红豆馅儿日本第一"。朱花女士专门买了外面的红豆馅儿来学习参考，但史枝女士坚持说不用吃也知道，就从来没有品尝过。每次吃红豆面包和大福，她都要先把馅儿换成自家的红豆馅儿再吃。

二○○○年前后，朱花女士接手了制作萩饼的工作，史枝女士便坐在门口收银，一直干到九十六岁去世前一个月。弥留之际，史枝女士什么都吃不下，唯独能吃一点儿御吉野的萩饼。她躺在病床上，留下一句"我等会儿也去（店里）"，便美丽而平静地离开了人世。

在店门口的照片前，供奉着史枝女士最喜欢的芝麻红豆泥萩饼。直到现在，每天都有好几个人到店里来问"老太太呢？""今天有人来取材，老太太一定很高兴。"朱花女士安静的话语，慢慢浸透了我的心胸。

我在店铺最靠里的座位上品尝了有名的五色萩饼。红豆馅儿、红豆泥、芝麻、黄豆粉、青海苔，加上昆布佃煮 —— 这便是一人份五色萩饼。五彩缤纷的外表瞬间就征服了我的双眼和心灵。离我最近的那个小碟子，散发着新鲜出炉的萩饼独有的馥郁的香味，让我想到了上一代店主的面庞。明治、大正、昭和、平成 —— 这些萩饼好似珠玉，串起了不同的时代。朱花女士精心照料着母亲留下的店铺，她的身影显得那么清朗而神圣。

说到底，开店铺还是看人 —— 从上一代那里接过衣钵并守护着咖啡馆的女性，还有给故乡带来文化新风的年轻人 —— 每一家店都有着开创并守护店铺之人的历史和故事。正因为这样，店里才会有独特的温暖。寻求温暖的人聚集在这里，又会产生新的文化。

我带着满心余兴，前往梅津寺。在松山市中心乘上电车，顺着伊予铁路行驶十八分钟，就来到了海岸。下车之后，站台前方就是沙滩。这里一直以来都是松山人的海水浴场，而在这片海岸的一角，坐落着"Buena Vista"。

店铺外表很像手工拼凑的木屋，坐在里面可以看到碧海蓝天，它静静守护着濑户内海的岛屿。面朝那片景色，我深深感觉到这里与世界相连。我翻开了还没看完的《坂上之云》。在只有航船这一种交通方式的时代，不远处的三津浜港口，曾是松山的大门。小说中登场的秋山好古、真之、正冈子规，都是从这片海踏上了旅程。当时他们眼中的风景，也许就是我现在看到的风景。想到这里，我内心就一阵欢喜。涛声就像柔柔的安眠曲，让我尽情地放松自己。在返程的飞机起飞前，我还有许多时间。

在热闹的大街上拐个弯，
就来到了充满江户情怀、
时间悠然流动的空间。
先去跟天神大人打个招呼。
穿着和服，走在汤岛的小巷里，
买些特产，啜饮几杯小酒，
摇起祈福的铃铛。

◎ 东京都汤岛

重回江沪时代

——漫步小径

汤岛是我很喜欢的地方之一。

天神下十字路口的另一头，就是上野。尽管与那纷乱的氛围只有一街之隔，汤岛却洋溢着轻盈而优雅的气息。

说到汤岛天神，就不得不说菅原道真钟爱的梅花。二三月梅花盛开时自然美丽无比，而五月阳光映照的嫩芽，也格外迷人。

也不能忘了梅雨季节。枝头结了一串串的梅子，香甜的气息充满整个天满宫。附近的人都会摘些梅子回去做梅干和梅酒。我心中羡慕得很，便也摘了一颗漂亮的梅子，藏在和服袖子里。

先去吃点儿东西。"鸟常"是坐落在天神大人（汤岛天满宫）门前、大正元年便已开业的鸡肉料理老铺。这里著名的亲子盖饭味道清甜，给人留下很深的印象，鸡蛋的生熟程度把握得很是绝妙。

一碗饭下去，人舒服极了，接着便信步漫游起来。在东京大学校园里逛逛，再去旧岩崎宅邸感受一下明治时代古老而美好的余韵。天气这么好，还可以一路走到不忍池去。每到初夏，池中就会开满莲花。

走得有点儿渴了，便停下来休息。"鹤濑"是开在天神下十字路口全年无休的和式点心店。橱柜里摆着豆沙水果凉粉和葛饼等颜色各异的清凉甜品。

喜欢西式点心的人，可以去"TIES"尝尝。沿着春日大道上坡，"TIES"店铺就在消防局跟前。那是一家气氛宁静的咖啡厅，店主亲手冲制的陈豆咖啡可谓沁人心脾。那里的手工蛋糕也十分美味。

若要买伴手礼，可以去"TIES"附近的米果店"竹仙"。那是夫妻二人经营了三十多年的店铺，最让人惊讶的是，连商品的价格都从未变过。所以他们从不放假，一年三百六十五天都在辛勤劳作。汤岛就是这么一个遍布着正直而坦率的店铺的地方。所以在这里散步，实为一件乐事。

买完米果，再去江户文字店里看看。橘右之吉先生是江户文字、寄席文字的第一人。

战争时期，橘右之吉先生的家人从浅草疏散到谷中，他就是在谷中出生的。

少年时代，他常去浅草的澡堂洗澡，每次在澡堂拿到免费的戏剧和寄席表演门票，他就去看。就这样，他渐渐被寄席的世界吸引。当时还年幼的橘右之吉先生，开始模仿别人抄写自己喜欢的说书人的名字。

然而，他父亲是高空作业的工头，母亲则是老板娘。如此一来，橘右之吉先生的将来相当于确定下来了。问题在于，他从小怕高，又拿不动重物。于是他的父母说："你去干自己喜欢的事情吧。但是，随便写是没有出路的，你得找个好老师。"

就这样，橘右之吉先生开始了自己作为书法家的人生。四十四年来，他一直在书写江户文字。

江户文字有很多讲究。比如强调文字虚化的分叉线必须是三、五、七这种不能平均分割的奇数。为了寄寓明天比今天好，后天比明天好，所有文字必须向上倾斜。在板子上反复厚涂文字，寄寓扬名立万。将文字排得十分紧凑，寄寓吸引到很多客人。

原来如此，真是越听越深奥。其实计算机也能完成类似的工作，但是带着人情味的手写文字与计算机打印的文字又有点不一样。橘右之吉先生说，手写的文字里寄宿着言灵的力量。

时针指向下午四点，是时候去"壶中"了。我之所以再次迷上汤岛，就是因为壶中。那里没有电话，也没有招牌，是个只卖日本温酒的安静小酒吧。

店长神田实祐、酒保伊藤理绘，营造出的气氛格外美好。在这个只有八个吧台座位的店里，紧张与安宁保持着完美的平衡，最适合优雅专注地享用日本酒。

点完酒，理绘女士就开始了仔细温酒的操作流程。在京都请人打的铜壶美丽非凡,看一眼就让人忍不住叹赏。每种日本酒都要配合其个性,加热到特定的温度。在这里,连浊酒也一样。

"毕竟酒啊,我们还是喝过很多的。"

于是,笑影深长的两个人就凭着自己对日本酒的喜好,开了这家店。他们真的很了解如何更好地享用日本酒。神田先生从后堂默默端出来的菜肴也很是对味,每次都让我钦佩不已。

最重要的是,傍晚四点开始喝酒实在太棒了。这种让人有点内疚,又像是奖励自己的奢侈时光,在壶中发挥到了极致。

离开店铺,天色还亮。第二摊要去哪里呢?

如果是大冷天,可以预约"鸟荣"吃一顿有滋有味的鸡肉火锅。不过现在是夏天,索性直接下坡,到"进助"那里喝一杯冰啤酒。如果一直走到上野那边,还可以试试由草鞋店改造成的新居酒屋"玉响"。

但是,不管我走向哪里,最后都要回到天神大人那边,再打一声招呼。院内有三条坡道,坡度很大、打成了楼梯的叫作男坂,比较平缓的斜坡叫作女坂,还有通往热闹的春日大道的夫妇坂。根据当天的心情决定走哪条坡,也是个有趣的小游戏。

今天,我还是顺着女坂下去,在坡底的鱼店买些西京渍回家吧。藏在袖子里的梅子,还在散发着淡淡的甜香。

绢丝温柔地包裹身体，

有着让人沉醉的触感。

蚕儿不眠不休地吐丝结茧，

人在旁边彻夜守护。

生命与生命的神秘运作，

生出了闪闪发光的绢丝。

群马县富冈

生命的奥妙

——日本绢丝

上小学时，我在家里养过蚕。一开始只有罂粟籽大小的黑色蚕虫，每吃一片叶子就会长大一圈。蚕只吃桑叶，而桑叶枯萎得很快，所以必须经常去采摘新鲜的叶子。

竖起耳朵倾听，就能听到蚕不断啃食叶子的响动。那个响动就像哗哗落下的太阳雨般温柔细密，跟蚕虫柔软的触感一道，留在了我的记忆深处。蚕在四个星期的时间里沉睡四次、蜕皮四次，最后长成胖胖的大虫。

接着，蚕就会变成通透的白色，不再啃食桑叶。到了某个时刻，它们就同时开始吐丝。在装点心的空盒子里放几块隔板，蚕就会在各自的房间里吐丝结茧。一开始，蚕茧就像薄薄的白纱，但是几天后，就变成了厚厚的白色墙壁。

蚕为了结茧吐出的丝线，平均长度足有一点三千米。它们会不间断地吐丝，缠绕成茧。风雨都无法透过蚕做的茧房，所以就算扔进水里，它也会轻飘飘地浮在水面。

从茧房里抽出丝线的工序，叫作抽丝。这话说起来简单，真正要把蚕吐出来的丝做成生丝，其实需要高超的技术，还有许多工序。

明治维新以后，日本才正式开始使用机器进行抽丝，那是因为当时的国际贸易变得越来越频繁了。为了获得外汇收入，日本政府最先打出的产品，就是生丝。为了大量生产优质生丝，还专门建立了富冈制丝厂。在法国工程师的指导下，工厂于明治四年（一八七一年）开始建设，第二年开工，此后的一百一十五年间，一直在不断产出上等的生丝。

开工时，工厂从全国各地召集了许多士族的姑娘，安排她们住在工厂宿舍，每天劳动大约八个小时。星期日休息，还能享受读书写字的教育和医疗保障。这在当时算是十分优越的工作环境。

她们花一两年时间学成制丝技术，然后回到故乡，担起传承技术的重任。就这样，日本各地都模仿富冈制丝厂建起了新的制丝工厂，制丝业愈加兴隆起来。

二十世纪三十年代的兴盛时期，日本生丝占据了世界市场的八成交易量，由此可见日本生丝在当时有多受欢迎。可是，随着新的化学纤维陆续被开发出来，以及廉价的中国丝的进入，日本生丝渐渐失去了销路。制丝厂的数量也因此骤减，现在群马县只剩下安中市的碓冰制丝农协这一处。市场上的纯日本产生丝，大多出自这里。

我有幸实地参观了制丝现场。打开抽丝车间的门，我顿时

被里面的蒸汽和煮茧的独特气味吓了一跳。煮过的茧吸足了水分，蚕丝变得松动。此时用稻穗尖端做成的小扫帚轻轻刷动，就能撩出"丝头"。之所以用那样的小扫帚，是因为稻穗尖端的"芒"能帮忙撩起丝头。找出丝头后，就将几股蚕丝合起来，汇成一股生丝。在这道工序里，由女工负责去除中途断开或打结的部分。一旦发现那些部分，她们就会飞快地接上丝线。小卷生丝晾干以后，又要卷成大卷生丝，这样算是一盘。四盘合在一起，叠上五层，就算一括，可以出货了。这便是日语"一括"的语源。

碓冰制丝厂不使用蚕茧内侧和外侧的丝，只用中间部分的净丝制作生丝。其实只要用了药水，也可以把脏污的外侧蚕丝和最后吐出的内侧细丝做成生丝，可是这些部分脆弱易断，会导致生丝品质下降。

日本产生丝优质的原因之一就在这里，另外就是碓冰制丝厂周边的那几条河流。正因为用了这些河流的水，这里才能生产出优质的生丝。

只不过，选茧阶段被刷掉的蚕茧，还有被称作"糙丝"的丝头，都可以用另一种方法加工成披肩等产品的原料。当然，最后剩下的蚕蛹，也可以用作鱼饵，或是做成佃煮，让蚕的生命价值发挥到极致。吐完所有丝线的蚕蛹，就像双手合十打坐的佛像，看起来如此坚强，又如此惹人喜爱。

我采访了在碓冰制丝厂附近祖祖辈辈经营养蚕业的上原高好先生。每到蚕吐丝结茧的时候，上原先生就会彻夜值班，守护它们。曾经，蚕和人就是这样共同生息的。蚕不吃不喝，花两昼夜的时间结成蚕茧，然后在茧中脱皮化蛹，度过十二天。

　　绿色的桑叶在蚕的体内被消化，变成通透的细丝被吐出来，最后被制成生丝，完成再生的过程。生丝经过加工，去除表面的丝胶蛋白，就成了具有光泽和张力的绢丝。

　　绢丝制成布匹和衣物，包裹我们的身体。面对生命与生命的神秘运作，我不禁感慨万千。

　　生丝产业是促进日本现代化的一大支柱。而支撑这一产业的，则是遍布日本的蚕农、制丝厂，还有女工。现在，纯日本产绢丝仅占整体市场的百分之一，普通人轻易穿不上身。但是，日本产绢布穿在身上的感觉，的确很棒。

　　一件和服大约包含两千五百条蚕的生命。如果这些蚕都是日本产，那么套上和服的喜悦，或许也会更上一层楼。

旅途中品尝到的珍贵食材，

纪念日才舍得去的时髦西餐馆——

这些我都很喜欢。

但是回到家后，

还是要有充满笑容与心意的——

餐桌上的每日菜肴。

『我开动啦！』

满面的笑容，日常的三餐

——小城生活

春天的气息沁人心脾

春天就该吃笋子。我每天都在蔬菜店门前徜徉，静静等待着新鲜土货上市。

笋子披着好几层豪华的外衣，在这些坚硬的表皮的保护下，整个冬天都藏在土里躲避严寒天气。带它回家后，要先为它脱下外衣。我特别喜欢剥笋时清脆的响声。

笋子带有一种独特的涩味，要用加了米糠和辣椒的开水焯一遍，才能吊出真正的鲜味。

春天是万物苏醒的季节。冬天缩着手脚默默积攒的能量，在这一刻完全释放出来。

我想象着笋子进入我的体内，朝着天空不断生长的样子。当然，它实际上会被切成长条，然后被我的身体消化吸收。竹笋越长越高，似乎能触碰蓝天。它小小的身体里，充满了这种通向未来的能量。

咬一口刚焯好的笋子，满嘴尽是鲜甜。春天的气息，深深沁人心脾。

我也要像笋子那样舒展身体，朝着新世界迈出第一步。

春天的早晨与象征希望的生鸡蛋拌饭

早上，我在鸡鸣声中醒来。今年春天，我搬进了一座集合公寓，距离这里三百步的地方，就有一个养鸡的农户。

起床洗把脸，先用家用精米机加工玄米。这些米都是山形县那边送过来的无农药大米，加工过程中剩下的米糠稍微烘烤后便加入糠床。洗好大米后，放入文化锅点火。大火煮沸，文火加热二十分钟。在此期间，我则拿起报纸阅读。

停火焖饭时，我便出门去买鸡蛋。这就是我理想的早晨。

对院子里散步的母鸡道谢后，把鸡蛋放进随身携带的纸盒里，小心翼翼地拿回家。满怀期待地敲开蛋壳，里面出现了光芒炫目的蛋黄，还有让人为之心动的清澈蛋清。我不禁想，这就是"希望"的形状。

盛一碗光泽诱人的热乎米饭，浇上仔细打散后加入酱油的金黄色蛋液。其实，这就是我希望在生命的最后一刻吃到的美味。

在一早能好好吃顿生鸡蛋拌饭的日子，我会格外精神饱满。因为吃下了"希望"，所以一整天都要无悔地度过。

究极的结合

可可农场送来了新绿的信息。打开纸箱，淡淡的甜香迎面而来。这是疏芽作业时采摘下来的葡萄叶。

栃木县的可可农场是残疾人士与志愿者共同劳作的葡萄农场兼酒庄。他们制造的日本产有机葡萄酒，无论风味还是品质都大受好评。有的人整日坐在葡萄田里敲锣打鼓赶乌鸦，有的人细心拔草，时而充满欢笑，时而迸发怒火。那里的人都与众不同，而且有着各自的任务。他们的工作都是对效率无要求的手工作业，但正因为如此，他们才能灌注许多时间和心意，制造出独一无二的葡萄酒。

对了，不如今晚就开一瓶珍藏佳酿吧。冰镇得恰到好处的起泡酒，配上包裹粉衣油炸的葡萄嫩叶。来自同一片土地的东西，味道一定般配。干脆再奢侈一些，化开面粉时加些葡萄酒。经过高温油炸，撒上细细的盐粒，微苦又带点酸味的葡萄叶让人越吃越上瘾。这才是究极的结合，真正的奢侈。

有甜也有苦

明明想哭的心情已经涌上了眼底，泪水却流不出来。这种时候，我去上了一节茶艺课。

穿上足袋，我忆起了它很久以前与地板摩擦的感觉。客厅装饰着"山是山　水是水"的挂轴，花器里点缀着木槿。我还在迷雾中彷徨时，时间已经无限靠近了夏日。

今天的点心是烤葛饼：一种状似羊羹的方形甜品。拿怀纸

162

取一块，用竹签分开。柔软的点心无须用力就切好了。把它送入口中，香醇与甘美扩散开来，波浪似的传遍全身，到达每一个角落。

用完点心，便饮茶水。抹茶的翡翠色让人心旷神怡，还带有一层绵密的泡沫。

继点心的香甜之后，苦涩的味道又在口腔中扩散。但是，缓缓抿下第二口，就能尝到轻柔的回甘。我仿佛来到了阵阵清风吹拂的大草原。

正因为有甜也有苦，才能品味到美好。只有甜或只有苦，都显得苍白。茶神在对我微笑，让我觉得疲劳时尽管来寻觅祂。

手心才是魔法调味料

我喜欢做盐饭团。事先捏好饭团，放进专用的盒子里，小孩子和不喝酒的人一来就能吃，喝酒的人最后也能用它垫肚子。做好放上一段时间，盐与饭粒完全融合的盐饭团，味道沁人心脾。吃进嘴里的瞬间，就能感到肩头的压力松懈下来，忍不住绽放笑容。

诀窍在于煮饭时加一点昆布和日本酒，还要忍着烫手，用刚煮好的米饭来捏。我用的是能登海盐，沾手的水则是昆布水。抓起一块米饭，指间沾一点儿盐涂在中央，然后一口气捏出形状。为了方便食用，我喜欢捏小小的饭团。

不过，盐饭团最关键的隐藏味道，其实来自"手心"。记得有本书上说，每个人身上的乳酸菌群都不一样，因此捏出来的饭团都有独特的味道。所以，手心才是魔法调味料。

"谢谢你一直陪伴我。要加油哦。辛苦你了。"双手包裹雪白的米饭，像写信一样赋予其形状，一定能将心意传达出去。

闪闪发光的柠檬茶

今年夏天，我挑战了攀登富士山。仅靠头灯的照明，在黑暗中埋头攀爬。可是无论怎么爬，我都见不到九合目。八合目就像没有出口的隧道，漫长而令人痛苦。雨越来越大，风也恣意喧嚣。由于氧气不足，我的脑袋格外沉重。

临时决定在休息站稍事休息。我点了红茶，迫不及待地喝了一口。那个瞬间，遥远的记忆骤然苏醒——装在大铁罐里的粉末柠檬茶。同样的味道一直渗透身体的中心。甜味浸染开来，喝完一杯茶时，头痛与胸闷感都消失无踪。我从中得到了勇气，再次闯进暴风雨中。

那杯红茶与小时候我姐姐常泡的红茶一样。虽然是只需开水就能冲泡的速溶红茶，但它酸酸甜甜，我记得自己每次都忍着烫嘴，一口气喝完。那天在通往山顶的路程中，我一直感到姐姐在拉着我的手。

最后别说山顶的壮丽日出，就连风景我都没能看清。但是在朦胧的意识中，唯独那杯红茶，至今仍在闪闪发光。

六十日元一块的奢侈

这半年来，我一直沉浸在炸豆皮的忧郁中。原因在于，我搬家了。在此之前，我一直去附近的豆腐店买炸豆皮。那是一家典型的市井豆腐店，平时是两夫妻经营，儿子女儿偶尔也到店里帮忙。每次去买，店家一定会问："切开吗?"这是我最喜欢的细节。

那里的炸豆皮只需炸一下就很好吃，切成长条煮成甜辣的口味也可，塞进醋饭做成酿豆腐也可，用作煮羊栖菜的配料也可。总之，炸豆皮是我做饭离不开的万能食材。

可惜，我在搬家之后才发现那家店的炸豆皮如此特别。现在的住处附近也有四家卖炸豆皮的店，但是味道都不太对。有的太油，有的太厚，有的又太干。原来只有那家店才能买到有柔滑触感、仿佛纸巾那样前后两片贴在一起的炸豆皮。没想到做的人不同，连味道都会如此不同。炸豆皮，太深奥了。

最后，为了买到理想的炸豆皮，我干脆骑自行车一路赶到原来的地方，再次光顾那家店。这就是六十日元一块的奢侈，是跟制作人一样独一无二又温柔的味道。

在离岛邂逅的粉雪

这座离岛的港口，每天都在静静守候着只有一趟的渡船。港口一角设有食堂，外表极为朴素，与办公室并无差异。推开大门，窗外是一望无际的蓝天，只有吧台的几个座位，所有装潢都带着手工痕迹。

我点了嫩豆腐套餐，被阳光亲吻得黝黑的老板娘手脚麻利地做起了准备。仔细一问，原来这里是夫妻俩一起经营的豆腐店。每天凌晨三点就要起来做豆腐，早上九点打开食堂营业，下午休息几个小时，再准备做晚上的生意。

热腾腾的嫩豆腐由专门取的近海海水充当碱水制成，像粉雪一样柔软，汤也滋味十足。一口吃下去，我感动得话都不会说了。

我问老板娘是否用了特殊的高汤，她拿出来的却是一瓶高汤粉。套餐里的泡菜也很好吃，我又问了一句，老板娘再次得意扬扬地拿出了泡菜粉。

此时我意识到，就算使用现成的调料，只要做饭的人心意足够，就会产生魔幻的滋味。下次我还要来，再尝尝这碗嫩豆腐。

"幸福食堂"的最后……

好朋友邀请我参加聚餐。那是一对做饮食生意的夫妻在家里办的活动，也是我最爱的"幸福食堂"。我们先围坐在地炉旁，用炭火慢悠悠又认真地烤一些芜菁、萝卜、带壳牡蛎和柿子。

我的心情还停留在夏天，但是眼前这些食材告诉我，现在已经是冬天了。我恳求了两句，请东道主又烤了几条新岛的臭鱼干。接下来转移到和式房间，喝花菜奶油浓汤。汤水暖洋洋的，温暖了僵硬的身体与心灵。在我们的要求下，东道主又做了土豆咸派和炸整红薯。每一口料理，都洋溢着心意。最后端上来的焗菜和豆腐白芝麻拌菜也堪称一绝。

就在我摸着圆溜溜的肚子时，室内照明突然消失，蛋糕登场了。朋友们唱起了生日歌。原来这竟是一场为我预备的生日惊喜派对。我一口气吹灭了蜡烛，心中感叹：自从长大成人，我过生日就再也没吃过这么大的生日蛋糕了。啊，好幸福，谢谢你们！

占卜运势的黑豆如何了……

过年最快乐的事，当然是吃年饭。我每年都自己做年饭，虽然很朴素，但胜在亲力亲为。

其中，我最严肃对待的就是黑豆。曾经我不认真对待，失败了不知多少次。有一年，我一勺白砂糖撒下去，黑豆瞬间就变硬了。还有一年，汤水浇得太少，豆子皱巴巴的。如果煮不好黑豆，大过年的也打不起精神来。对我来说，黑豆是一种很重要的食物，甚至可以说是占卜运势的道具。

今年我准备了特级丹波黑豆，按照土井胜的做法，用白糖、酱油等进行调味，浇上滚烫的汤汁，静置一晚。第二天早晨，豆子吸足了水分，膨胀起来。我用铁壶的盖子代替生锈铁钉放进豆子里，连续几天小火慢炖。煮黑豆绝不能心急。

结果呢？黑豆外表就像美丽的宝石，圆溜溜，泛着光泽，像用熨斗烫过一样没有一丝皱褶。吃进嘴里，豆子不会太软，留有一定的嚼劲——完成了！这也许是我有生以来做的得分最高的黑豆。虽然是黑豆，却也不简单。今年似乎也会是美好的一年。

在居酒屋给自己的压岁钱

夕阳西下，寒风萧瑟，让人忍不住要寻找暖帘钻进去。这里是昭和十一年（一九三六年）开业、别名品酒学校的居酒屋老店。为了不失礼，我挺直腰板，拉开门扉。吧台对着厨房围成两个"凹"字，店中默认右侧是熟客的座位，左侧是生客的座位。

我走到生客的末席落座，先点了热乌龙茶和这里出名的芝麻酱豆腐。我是女性，又没什么酒力，之所以爱进居酒屋，是因为好吃的下酒菜。这里常备八十种下酒菜，我一边细细品尝滋味浓郁的芝麻酱豆腐，一边凝视墙上的手写菜单。四下张望一圈，这也想吃，那也想吃，但最后总会点猪肉角煮、飞龙头（炸豆腐丸子）和煮芋芳，每次都是同样的东西，不求进步。

168

回过神来，我发现四周都是笑脸。今夜能置身于这样的空间，我的心里也喜滋滋的。没有人酗酒，也没有人口出蔑言，那么多陌生人齐聚一堂，却催生了一起看好电影的志同道合之感。

也许是醉了茶，我又大胆地点了炸河豚丸子。人世艰难，且容我躲进居酒屋，偷一刻闲暇，当作给自己的压岁钱。

即将分别的"纳豆大人"

我家常备纳豆，偶尔会带着敬意，称呼它为"纳豆大人"。每一颗豆子都凝聚了大地的味道。自从在附近的豆腐店遇到它，我就一天都没落下，每天都美美地享用它。

但是过完春天，我就再也吃不到这种纳豆了。由于设备老化，作坊决定停产了。我实在坐不住，就去了生产纳豆的作坊。

在东京都厅附近边走边迷路，好不容易在弯弯曲曲的巷子里找到了那家作坊。从外表看，这个地方确实有不少年头了。前来应门的，是头上包汗巾的作坊主，也就是"纳豆大人"的生产者。

这里是一家两代人经营了整整六十年的纳豆作坊。从上一代开始，大豆就选用大颗粒的十胜秋田品种，用水浸泡后放入压力锅煮熟。现在的主流是不锈钢压力锅，但是这里则用上一代作坊主从味噌店那里接手过来的铁锅。铁锅制造的强大压力能将豆子煮成软硬适中的状态，保留一点儿嚼劲。

我与"纳豆大人"的交情，还能再持续一个月。我细细品味着如蜜月将要结束般的滋味，带着敬重的心情，将这珠玉般的珍馐打点入腹。

在沙漠饮干的"火球"

我去了一趟严寒的蒙古。从乌兰巴托乘坐火车，沿着西伯利亚铁路前往东戈壁省的中心城市赛音山达。这里也是蒙古人爱来的旅游胜地。

从那里开车出去，在土路上行驶一个小时，就进入了沙漠。浅蓝色的天空下，三百六十度的视野无比广阔，遥远的地平线一目了然。沙漠上还出现了海市蜃楼，仿佛另一端是茫茫大海。

爬到沙丘顶上躺倒，阳光透过云彩倾洒下来，就像太阳雨。沙丘下是骆驼组成的队列，慢悠悠地移动着。

闭上眼睛，感受太阳的光线，导游给我端来一杯伏特加。我按照牧民教我的正式饮酒方法，先感谢了天空神、水神、土神，然后一口气喝干。几秒钟后，一团火球穿过我的喉咙，一直烧到胃里，然后爆炸，火花窜遍全身，大脑的螺丝突然松开了一些。

我又一次在沙地上躺成大字。好幸福啊。因为劲头十足的酒精，世界变得越发光辉灿烂了。

怀念祖母的拌蜂斗菜

又到了吃蜂斗菜的时节。每次看见这种菜，我最先想到的就是祖母。拌蜂斗菜是祖母生前教会我的最后一道菜，这件事已经过去了十五年。

我刚走上社会时，曾叫老家的祖母教我做拌蜂斗菜。祖母在电话那头仔细为我讲解了制作方法。也许是因为孙女请教，祖母很是高兴，声音听起来格外活跃。

先将蜂斗菜过一遍沸水，然后撕掉薄皮，切成好入口的大小，用芝麻油略微翻炒。然后加入酒、味啉、酱油调味，最后撒点儿七味辣椒粉和木鱼花增鲜。祖母教给我的，是最基础的做法。

自那以后，每逢春天蜂斗菜上市的时节，我都会遵照祖母的方法做这一道菜。可是无论怎么忠实于方法，我都做不出祖母的味道。她做的拌蜂斗菜整体都很入味，口感柔软，含在嘴里微苦带香，像凝缩了春天的滋味。

将来，我是否也能做出祖母的味道呢？拌蜂斗菜，是联结我与祖母的宝贵菜肴。

梅雨季节的美丽竹叶卷

堆积在厨房的旧报纸、小山似的糯米、泛着光泽的熊竹叶：一到梅雨季节，我就会忆起这番光景。

祖母和母亲正在制作竹叶卷。在我长大的日本东北地区，

171

这是一种自古流传的易保存食物 —— 由两片竹叶包裹糯米煮熟制成。竹叶卷呈现完美的正三角形，在幼小的我眼中，美得令人叹绝。

也许是因为熊竹的叶子具有杀菌作用，哪怕在潮湿的梅雨季节，这种食物也能保存很久。吃的时候，撒上一点儿混合盐和糖的黄豆粉。当作早饭和点心，一天能吃好几个。

长大后，我终于能自己制作竹叶卷了。将两片竹叶拼成三角形，再用灯心草捆绑定型。接着，就瞅准梅雨暂歇的时候，把煮好的竹叶卷放在阳台晾晒。晴空之下，清爽的香气扩散开来，我顿时满怀自豪，觉得自己成了独当一面的大人。今年，制作竹叶卷的时节来临了。我在梅雨的间隙，又有了小小的乐趣。

用无我的心境削木鱼花

几个月前，我买了新木鱼刨。这是我寻觅多年，总算得见的一辈子的伙伴。从外表看不出来，其实刨子内侧刻了名字。本体是无暇的白木，让人忍不住着迷。

目前，用自己专用的刨子削木鱼花，是我最大的乐趣。双腿前后叉开保持平衡，上身微微前倾，右手扶住木鱼一端，左手从上往下施加压力，接着，一鼓作气刨下去。这么说来可能显得夸张，但是在心情焦躁之时，很难刨成功。必须驱散妄念，集中精神，用无我的心境去削。唰、唰、唰，等到节奏带起来了，功夫也就到家了。

木鱼花可以做汤，也可以撒在热米饭上，无论多么平凡的食材，都能被它吊出最大程度的鲜味。我最喜欢的一味，就是意大利面。煮好五颜六色的短面，用酱油、橄榄油和盐调味，再撒一把帕尔玛奶酪和木鱼花。味道好得出人意料。

草场滋养的地球之味

夏天，我来到了蒙古。为了体验原始的生存之道，我要在蒙古包里寄宿三个星期，跟牧民同吃同住。对他们来说，亲手宰杀自己养大的家畜可谓家常便饭。我也很想见识见识那个场景，而现在，那一天终于到来了。

如果说宰杀是男人的工作，那么处理内脏就是女人大显身手的时机。都说宰羊要趁热，娴熟而快速的手法，就是美味的秘诀。内脏经过熬煮，可做成火锅。

第二天，用奶桶烤肉这种传统烹饪方式料理刚宰好的肉。在大奶桶里逐层放入烧烫的石块、肉和土豆，再将整个奶桶放在火堆里烧烤。

其实，我不太喜欢肉食，尤其不爱吃山羊肉。原本担心膻味太重，但是放入口中完全没有讨厌的感觉。这就是这片土地和草场滋养的 —— 名副其实的地球之味。

人们传递着美酒，马头琴的旋律在草原上流淌。这是牧民在艰苦生活中的短暂休憩。这一天是那达慕节，我品尝着肉的美味，也体会到了牧民的幸福。

沉迷金边炸鸡块

我第一次来到加拿大温哥华时，被这座出乎意料的美食城吓了一跳。不愧是移民国家，这里聚集了世界各国的料理，品质还很高，就像连续几天都满世界旅行。

我最爱光顾的就是金边餐馆。那里出品柬埔寨与越南的家常料理，每次去都会见到门口排着长队。店内面积很大，足可容纳一百多位食客，其热闹之状宛如举办婚宴。

这里的名菜是金边炸鸡块，几乎每一桌客人都点它。看到其他桌在吃这个，我也忍不住每次都点它。这种炸鸡块应该是花时间精心烹制而成的，表皮香脆、鸡肉多汁，蘸着酸酸甜甜的柠檬酱，让人食欲大开。

回过神来，我已经忘了对话，着迷地大啖炸鸡块。如果能带它回日本，收到礼物的人该有多高兴啊。这是我在温哥华遇到的 —— 遥远国度的母亲的味道。

心心念念的夏日乌冬

七月去了蒙古，八月去了加拿大温哥华，今年夏天离开日本的时间很多。我在每一个地方都尝到了当地才有的美味，可是最让我怀念的，还是日本料理。我也尝试过带食材去当地烹饪，也许因为水不一样，就是做不出日本的风味。

其中，我一天比一天更怀念的，就是乌冬，畅游在咸香高汤里，光滑洁白的乌冬面，已经鬼使神差般支配了我的大脑。

一回日本，我就跑进了经常光顾的乌冬店。点一份有名的牛蒡天妇罗乌冬，等待几分钟，美味就装在大碗里端了上来。

先来一口汤。没错，就是这个味道。再吸溜一口面条。瞬间，我的身体几乎要发出兴奋的吼叫。我迫不及待地要与乌冬融为一体，不知不觉就开始埋头吃。喝干碗里最后的面汤，我彻底沉浸在生为日本人的幸福中。

森林养育的礼物

我参加了人生第一次采蘑菇活动。地点又是在加拿大，这次去了哥伦比亚山脉。那里是世界蘑菇种类最丰富的地区。

走进森林，雨后潮湿的空气十分舒适。地面软绵绵的，就像走在厚厚的高级地毯上。层层叠叠的倒木表面覆盖着青苔，小溪里流淌着清澈的水。

不愧为采蘑菇之旅，大地上随处可见各种蘑菇探出头来。有油光锃亮、散发着剧毒气息的蘑菇，也有如贵妇一般静静探头的白蘑菇。

据说，加拿大人钟爱欣赏蘑菇。但是作为日本人，我更愿意品尝蘑菇。我带着寻宝的心情，走向森林深处。弓着身子寻找时，渐渐进入了无我的境地。

终于找到的白色松茸已经完全张开了小伞，拿在手上沉甸甸的，香气异常浓郁，就像清甜的小树林。回到住处，我把松茸做成了汤。蘑菇顶多存活一周，可以说是森林赐予我们的礼物。它像一阵风，轻轻拂过我的全身。

汤豆腐才是冬日的精华

转眼又是一年，腊月已然到来，人们开始钟爱温热的食物。

这种时候，就该吃火锅。说到火锅，最先想到的就是豆腐，火锅也是豆腐当主角的汤豆腐火锅。锅里放一大片昆布，看起来满是雪白的豆腐。如优雅的舞步般调节火候，绝不令其咕嘟冒泡。除此之外，再加一些应季蔬菜即可。锅里的主角，始终是豆腐。

但是有一个问题。同样是豆腐，丈夫喜欢绢豆腐，而我喜欢木棉豆腐。绢豆腐嫩滑的口感当然很好，但我认为豆腐该有豆腐的样子，要通过咀嚼品尝它的滋味。

最近我们一直争执不下，最后干脆两种各买一块，做成一锅汤豆腐。

小心翼翼地用漏勺扎起来，盛进小碗里。加一点儿增味的大葱和增鲜的木鱼花，洒些许酱油。筷子戳进豆腐的瞬间，腾起一股白色的蒸汽，勾起人的馋虫。送进口中，幸福感油然而生。这才是冬日的精华。

年饭，少量而爽快

最悲哀之事莫过于年饭被抛弃在冰箱里，若是花了许多时间与心思去做，则更是如此。不过，剩下的年饭，大抵逃不过被嫌弃的命运。

我吸取往年的教训，今年特别注意控制年饭的量。由于一直在国外采风，直到年末才返回日本，我也只能做最低限度的准备。今年，我自己只做了黑豆、伊达卷和鱼脍。不过配上店里买的红白牛蒡和小鱼干，装在漆食盒里，却也是一顿红火热闹的年饭。

跟以前不一样，这次我再也没有必须吃完所有食物的压力，真是太轻松了。到了三号，年饭已经基本吃完，既没有浪费，心情也爽快了。

愉快过年还有一个诀窍，就是事先计划好这个时期使用的器皿。把从古董店里淘来的杯盘和漆筷全都保存在同一个地方，只在过年使用。统一红黑色器皿充满节庆气息，能够让年味更上一层楼。

食材边角料，满满都是福

我从小就爱吃厚蛋烧的两端。每次刚煎好的热腾腾的厚蛋烧被放在砧板上，我都要从后面伸手过去，想抢到两端的美味，因此经常被拿着菜刀的母亲责骂。同样，我还喜欢寿司卷的两端。海苔与米饭之间有小小的空隙，配料长短不一，特别有意思，而且两端可是无法大量复制的稀有部位。

对着鱼和肉，我也忍不住要吃边角料。若是吃鱼，我最爱的当然是碎肉。这个时期，我总是到各个鱼店寻找优质的鳕鱼碎肉。找到好的碎肉，会有中彩票的感觉。放了许多碎肉的鳕鱼锅融合了鱼身各个部位的美味，汤头复杂而鲜甜。

若是吃肉，我最喜欢各个部位切剩的肉块。上等和牛边角肉做的牛肉盖饭，可以说是极致的奢侈。除了边角肉，胗子、肝脏这些许多人不吃的内脏，只要烹调到位，也是一道美味。买到新鲜的鸡心时，我甚至会忍不住想跳舞。最开心的是，这些食材都很便宜。食材的边角料里，藏着满满的福气。

狩猎民族之血觉醒

我有幸得到一个机会 —— 在严寒之地阿拉斯加体验冰上钓鱼。这天的最高气温是零下二十五摄氏度，最低气温是零下三十摄氏度，我来到了费尔班克斯以东的切纳湖。

湖面冰层有一百三十厘米厚。我们用打孔机在冰面上开孔，然后放下钓鱼线。接着，就是坐在冰上一个劲儿地等待。

手上突然有种被小孩子拽衣袖的感觉，我一口气拽起鱼竿。满怀期待地看过去，果然有一条扭动的鱼。我钓上来的第一条鱼叫北极沙丁鱼。银色鱼身又细又长，格外漂亮。

最后，我还钓到了一条虹鳟。尽管如此，我还是被激发出了狩猎民族之血，感到异常满足。当场宰鱼裹粉，做成炸鱼块吃了下去。

旅行也是与当地食物的邂逅。所以越是旅行，我体内就会形成越完整的小地球。吸收了两条鱼的生命精华，我与阿拉斯加的大自然也紧紧结合在一起。自己钓上来的鱼，味道非同一般。

饭团传递温暖

一到春天，我的手就跃跃欲试，想做点圆滚滚的东西——糯米团子、炸肉饼、稻荷寿司。仅仅是换一种形状，食材就会拥有魔法般的美味。最典型的圆形食物，就是饭团了。手心沾水，撒上一小撮盐，挖起一勺热乎乎的米饭，双手飞快地揉捏成形。一个盐饭团就这样做好了。

做饭其实也是祈祷。屏息静气，融入心意，将饭菜制作成形。一直以来，日本东北地区的人们为我们产出了许多山珍海味，我想要报答他们的恩情。就算不能把饭团直接送到地震受

179

灾地，但是用它来犒劳身边的人，这份心意或许也能变成涟漪，传达到远方。

希望你们尽快回到洋溢着笑容的安宁生活中。

双手捧起，包裹，成形。我的手还能做许多事情。我希望自己能始终牢记，双手的温度也能成为温暖他人的温度。今年春天赏樱时，我一定会倍加感谢这里的生活。希望这份心意也能乘着春风，吹遍大地。

活的糠床，如此可爱

我与丈夫两个人生活，家中没有养猫狗。但有一样东西，我却如疼爱孩子和宠物那般珍视，那就是糠床。我从零开始，已经养育了它十几年。虽然历史还不算长，但它已经成了珍贵的传家宝。

用自己家的精米机加工无农药栽培的玄米，将剩下的米糠稍微干煎，放入糠床，基本上只往里面加盐。一小酒杯的糠，就生存着远超地球人口的微生物。

浅腌的蔬菜清香爽口，而长时间腌制、富含乳酸菌的腌菜也让人欲罢不能。只需放进糠床，蔬菜就会变成营养丰富的腌菜，这些微生物多能干呀！

丈夫第一次触碰糠床时，里面的微生物立刻造反，味道眼看着发生了变化。他一定很吃惊吧。果然，糠床都是活的。不过，它们已经一点点适应了丈夫的接触，如今夫妻俩伸手进去都没事了。只要灌注了心意，就必然能得到回报。这就是全世界独一无二的、只属于我家的可爱存在。

又到了黄瓜散发清甜之气的季节，我越发期待触碰糠床的那一刻了。

味噌汤——活力的源泉

日子一年年过下来，味噌汤成了我生活中越来越不可或缺的存在。如果吃饭时没有味噌汤，我总觉得缺了点什么。反过来说，只要餐桌上出现了热腾腾的味噌汤，我就会无比幸福。

无论心情多么浮躁，只要喝上一口汤，就能想起最重要的事情，再来一口就彻底静下心来，等到一碗汤喝完，全身都充满了活力。味噌汤啊，就是活力的源泉。

平常喝的味噌汤，只需用沙丁鱼干吊的高汤就足够了。前一晚去掉鱼头，放入装了水的锅里。若是心血来潮，也可以放点儿飞鱼。接着，只需要小火炖煮。

取白味噌和红味噌拌匀，看心情改变比例。冬天多放白味噌可以暖身，夏天多放红味噌，有滋有味。加入味噌后，不可把水烧得太开。稍微沸腾后马上盛出来，端上餐桌。

放了许多食材的味噌汤固然好，但是简朴的味道也让人难以割舍。前几天我还用开水烫掉番茄皮，将整个番茄放进汤里

煮，味道很不错。今年夏天还可以试试冰镇味噌汤，我正拭目
以待。

当季食材让料理之心跃跃欲试

不知从何时起，我的料理之心觉醒了。这颗心一旦觉醒，
我就会变得更想做料理。这也许就是登山家超越巅峰之心，马
拉松运动员奔跑之心。料理的主意一个接一个地浮现出来，怎
么做都不会厌倦。

进入新年后，我的料理之心就一直处于活跃状态。无论是
睡觉还是起身，抑或是在吃饭的时候，我都在兴致勃勃地思考
下次要做什么。每次接触食材，我就会格外雀跃，脑中的常备
菜谱，也越来越多了。

诀窍并不是先定下要做什么菜再去采购食材，而是先去买
来当季的食材，再看着它们思考菜式。接下来该做什么才能充
分利用这些食材？能把食材完完全全用到料理中，不造成浪费，
就是我最大的喜悦。

料理之心雀跃时做出来的菜，基本上很好吃，也许是因为
每一口都饱含着快乐的精华。早、中、晚，我都在想象的世界
中与大自然嬉戏。对我来说，这是最好的解压方法。

哪怕在异国生活，只要有一双筷子就好

这年夏天，为了节省日本国内用电兼采风，我来到了德国首都柏林，目前租住在一座旧公寓里。

这趟出门打包行李时，我没有忘记带上筷子。去年夏天前往温哥华时，我忘记带筷子，结果吃了不少苦。用金属勺子和餐叉小心翼翼送进嘴里的米饭和味噌汤，实在苍白得令人气馁。

除了平时用的筷子，我还带上了菜箸和装盘用的筷子。只要有一双用惯的筷子，生活就如虎添翼。即使面对用异国陌生食材改造的别样和食，只需拿起一双筷子，也能长舒一口气。

寓所的厨房面向中庭，傍晚能看到满满的夕阳。那是一天中幸福感最强的一刻。晴朗的日子里，我会把做好的料理端到阳台上吃。柏林是个充满绿意的美丽城市。即使是在不习惯的环境中做出来的不伦不类的料理，有了美轮美奂的建筑和郁郁葱葱的绿植陪衬，吃到嘴里也会变成美味。街头音乐人演奏的旋律，带着我渐渐融入异国的夜色中。

用全身品尝真正的自由

用一个词形容我现在居住的柏林的空气，那就是自由。生活在这里的柏林人，唯一的讲究就是不讲究。

比如，前几天我逛进一家汤品店，点了胡萝卜汤，里面竟然加了切成圆片的香蕉和坚果，还带点儿辣味。这个组合乍一看很骇人，但是品尝过后，竟意外觉得美味。香蕉和坚果带来了层次丰富的味道，给这道汤增添了色彩。

于是，我模仿柏林人的创意，决定舍弃和食的种种固定模式。让人意外的是，这里的超市竟然摆着在日本常见的芜菁和白萝卜。我每天就用这些食材，挑战柏林风格的和食。

其中有一道菜已经成了寓所常备的菜肴，那就是腌白菜。因为买不到我平时用的柚子醋，便用柠檬代替。没想到，此举打开了我从不知晓的味觉大门，向我展示出全新的世界。正因为有种种不便，我才更要想办法克服。

也许正因为这座城市曾经有过被高墙一分为二的高压时代，才会产生真正的自由。如今，我正用全身品尝着那种自由。

怀念夏日的山珍海味

离开日本一段时间，我就特别怀念以音节"u"开头的食物。最不能割舍的，当然是海货（uminosachi）。刺身、干货——这些平时我并不觉得稀奇的海货，如今成了奢侈而无可替代的宝物。

粳米（uruchimai）也一样。意面和面包固然好吃，但是吃的时间长了，我还是会怀念日本米。日本的水和空气养育日本米，用日本的水煮成米饭。

还有乌冬（udon）和梅干（umeboshi）。软糯有嚼劲的乌冬配上小菜和梅干，不知在我的梦境中出现了多少回。

最让我怀念夏日的食物，就是鳗鱼（unagi）。德国似乎也有吃鳗鱼的习惯，但找不到日本那样的蒲烧做法。不吃鳗鱼，如何消夏？

一回到日本，我就冲进了鳗鱼老店。按捺着激动的心情，先来一碗鳗鱼肝汤。忍不住流露出令人羞耻的叹赏后，拿起筷子，正式开吃。松软肥美的鳗鱼肉配上沾了鲜甜酱汁的米饭，真让人抵抗不了。虽然晚了一些，但我总算是赶上了日本夏天的味道。

黄色的知名配角，到了它的季节

秋意渐浓，又到了属于它的季节。它披着黄色的外衣，散发油亮的光泽。凑近了，还能闻到清新的气味。它就是柚子。

每年晚秋的一天，我都会用来加工柚子。朋友给我寄来四国深山栽培的充满活力的柚子，我要用它们制作柚子茶。

要先轻轻划开表皮，进行这道工序时，屋子里会充满柚子清新优雅的香气。我与手中的柚子轻声对话，渐渐被包裹在难以言说的幸福感中，整个人陷入呆滞的状态。等到放糖加热的阶段，外面已经日落西山，酸酸甜甜的香气渐渐融入秋日的长夜。

剩下的柚子肉用打湿的草纸包起来，再裹上一层保鲜膜保存。这样一来，就能长久锁住水分。

用刮刀刮下表面的粗皮，可以做成咸菜或搭配刺身。果汁可以给土豆沙拉增添一层味道。接下来的季节，无论做什么都跟柚子很搭。只需加入一点点柚子，普普通通的料理就会摇身一变，成为富丽堂皇的佳肴。可以说，柚子是料理界当之无愧的知名配角。

冬日的蓝天，正好晒干货

我十八岁来到东京，最惊讶的就是冬日的天空。因为生长在经常下雪的地方，提到冬天，我只能联想到阴沉沉的乌云。但是，东京有一片清爽的蓝天。这就像个奇迹。

如今总是待在厨房，冬天就成了晾晒干货的绝佳季节。因为气温很低，把食物放在外面也无须担心变质，可以让它们尽情地享受日光浴。

浸泡过盐水的鱼，晒干后就成了一道下酒菜。因为可以自己调节盐分，晒出来的都是最爱的味道。换成蔬菜或别的东西，经过阳光的照射，味道也会高度凝聚，变得更加鲜美。干货乍一听好像很复杂，其实并没有什么，摆出去晾晒即可。

最近我常做的是鸡肉干。取一片肉抹上盐，用竹签串起来悬挂晾晒。等到表面晾干就算完成了。文火慢煎，逼出油脂，有种油封肉的风味。如果把鸡肉升级成鸭肉，就成了庆祝新年的奢侈美味。太阳就是不用费工夫轻松增添风味的绝佳工具。

热酒的一把好手，能把廉价酒变成无上的美味

即使有自夸的嫌疑，我也要说自己是热酒的一把好手。或者可以说，这是我少数几个特长之一。不过，热酒也分很多种，有微温的日向酒、接近体温的肌感酒、暖酒、上酒、热酒，以及超热酒。有趣的是，即使是同一种酒，不同温度也有不同的风味。

有的酒无论怎么加热都毫无变化，有的酒加热与冰镇后截然不同，像人突然换上了华美的衣袍。哪怕是低价买来的酒，只要加热得当，就能变成媲美高级佳酿的美味。

热酒时，要用小锅烧水至沸腾，然后放入装了酒的铜壶和空酒壶，静置几分钟。用微波炉加热，或是以温度计测温，都少了点儿味道。最正确的做法，就是探入指尖感受温度。随后，将酒液快速倒进热好的酒壶中，外面叠套方杯，配上小酒杯，就做好了晚酌的准备。

今年年饭里的鲱鱼做得格外好，用它来做下酒菜喝上一杯。这就是冬季小小的奢侈享受。

让人精神百倍的炸肉饼

我觉得，料理就像写信。"要加油哦，谢谢你。"融入了这些心意的料理，一定能打动人心。反过来，生气时做的料理，会吸收烦躁的能量；伤心时做的料理，会让人伤感。所以，我希望自己制作料理时，能保持明媚而幸福的心情。

但是人生在世，总会有喜怒哀乐。难受的时候也不必勉强自己，可以大大方方地举起白旗，寻求别人的帮助。有这么一家餐馆，就是我避难的地方。如果实在筋疲力尽，连进厨房的力气都没有，那就干脆切换心情，大摇大摆地去下馆子。

那是一家静静地开在车站背后的社区猪排店，每次去那里，我都会点炸肉可乐饼套餐 —— 炸肉饼、可乐饼、卷心菜，再配上白米饭、猪肉汤、拌菜和咸菜。无论多么缺乏活力，吃完这么一份套餐，我都会产生明天继续努力的心情。

新的一年，我又掀开了店铺的暖帘。努力，但是不勉强自己。这就是我今年的目标。

丰盛的餐食，奇迹的赠礼

每次有需要，我就会现刨木鱼花。昆布泡水一晚，小火慢慢熬出高汤。蔬菜和大米都选用没有农药和化学肥料、只靠人手悉心栽培的产品。

不久之前，这在日本还是理所当然的事情。可是现在，我理想中的饮食生活，已经成了宝贵而奢侈的东西。

很快，大地震就要过去一年。我已不记得那年三月十一日的晚上，自己吃的是什么，也许是罐头食品。只要能填饱肚子，就足够了。可是，那样并不能满足胃口，总觉得少了点儿什么。

饮食，让心与胃都得到满足，才算是圆满。经历过大地震，我重新认识到日常饮食的宝贵。

每天餐桌上都有丰盛的菜肴，是建立在和平的社会环境之上的。"美味"其实是无价的奇迹赠礼。所以每次刨木鱼花，每次泡昆布，我都会心怀感激。

制作料理，就是接触森林、河川、大海、大地，是与自然相连的行为。今天，我也要铭记这一点，带着谦逊的心情走进厨房。同时心中祈祷，愿天下太平。

代后记

再一次踏足贝尔索

寻觅"料理之神"爱徒的旅行，始于石垣岛的边银食堂。

旅途中，我有了数不清的邂逅。

每一次邂逅，都让我感动不已。我见到了平时见不到的人，参观了他们的工作现场，有时甚至跟他们同桌吃饭。

所以，这本书里的旅行记录，甚为宝贵。因为这是花了许多时间，如酿造某种珍贵的琼浆一般，亲自去看、去触碰、去感觉的记录。

那些记录在二〇一〇年出版成册，它就是《欢迎来到地球食堂》。在它的基础上增加新内容，重新编辑制作的文库版，就是你手上的这本书。

在此期间，发生了"3·11"东日本大地震，书中介绍的人也发生了种种变化。

在西表岛自耕自种、自己捕鱼收集食材、独自经营店铺的吉本奈奈子女士关闭波照间食堂，休息了一年，又在西表岛开了一家新店，重新出发。在东京养猪的吉实园受到地震影响，现在一头猪都没有了。在滋贺县月心寺操持斋宴的庵主婆婆，去年也退休了。

伊吹山脚下，每天只招待一桌客人的贝尔索餐馆主厨松田光明先生，在地震那年的十月去世了，享年五十一岁。

最后，请让我写写松田先生的故事。

我只跟松田先生相处了一天时间。但是，那一天的邂逅，深深镌刻在我的心中。松田先生沉默寡言，但是说出来的每一句话都意义非凡，像个哲学家。

我已经不记得自己如何问到了那个问题。总之在取材时，我不经意间问了一句："松田先生，你幸福吗？"那个瞬间，松田先生语塞了，当时并没有回答我。可是，他为此思考了一夜，第二天早晨，带着笑容回答了那个不经意的问题："我很幸福。"

松田先生啊，就是这样的人。

他不仅对料理，而且对所有事情，都十分认真。关于工作、生活的态度，不知不觉间，我发现自己其实受到了松田先生很大的影响。

然而，我对松田先生的了解，只有不到一半，甚至不到四分之一。我只不过是一厢情愿地认为，自己了解这个人。

后来我才知道，那天他其实身体很不舒服，并且已经卧床好几天了。尽管如此，松田先生还是答应了采访，第二天用心招待了我们，给我们泡咖啡，还一路送我们到车站。

道别时，松田先生不好意思地递过来一盒腌甜姜，还说

"小小心意，请别嫌弃"。他当时的样子，我到现在都铭记在心。

在松田先生的葬礼上，美穗子夫人发给吊唁宾客的回礼是《欢迎来到地球食堂》。据说，文章一开始刊登在sotokoto上时，松田先生实在太高兴，半夜哭得停不下来。这件事也是过了很久，美穗子夫人才告诉我的。

二〇一三年六月，我又一次来到了贝尔索。

美穗子夫人竟接过了贝尔索的衣钵，亲自上阵制作料理。所以，我一定要去为她的第二人生加油。

松田先生担任主厨时，美穗子夫人给我的印象，就是以甜点师和后勤人员的身份默默支持丈夫的工作。现在，她亲自走进了厨房。

暌违五年的贝尔索丝毫未变，还是那个让人身心都放松的空间。上一次还是大学生的大女儿明奈小姐，如今回到了家中，主要负责美穗子夫人从前的服务工作。

在全新的贝尔索，晚餐终于要开始了。

经过特殊指导制作的田园风面包，搭配装满了太阳恩泽的玉米浓汤。玉米浓汤实在美味，我都舍不得喝完。

接下来的沙拉是美穗子夫人熟读三岛由纪夫的小说，并研究法国文学后，好不容易调试出来的味道。听说这道菜的创意来源于巴黎的拱廊商业街，每一种蔬菜吃进嘴里都像一阵清风拂过，充满了跃动和喜悦的生机。不知为何，吃着这道沙拉，内心涌出阵阵欣喜。

美穗子夫人和明奈小姐在厨房与餐桌之间忙碌，有时也坐下来陪我进餐。我们品尝着美味的佳酿，共同回忆起了松田先生。

据说，松田先生去世仅仅十天，美穗子夫人就重新开起了贝尔索。她本不想这样，也没有做饭的心情，结果还是开张了。

明奈小姐告诉我，最初那一年"明明不可能好吃，每天的客人还是认真品尝着饭菜，夸赞个不停"。一定是松田先生化作了看不见的力量，在背后支持着厨房里的美穗子夫人，往客人的菜肴里撒下了只存在于天国的神奇调味料。

美穗子夫人和明奈小姐，总能感到松田先生还在耳边细语。

松田先生生前几乎把所有料理的菜谱都写了下来。所以，美穗子夫人没有流落街头。我有幸拜读了松田先生留下的好几本菜谱，他的记录做得无比详尽。

接下来的嫩煎马头鱼和红酒炖牛尾，都令人惊艳。

这些菜肴当然凝聚了松田先生的精神和品位，但很明显，它们都是美穗子夫人的料理。

"我觉得自己好像伊吹的伦子呢。"

那天，美穗子夫人笑着这样说道。美穗子夫人如今有了这样的手艺，天堂的松田先生说不定会嫉妒呢——我真的有些担心。

餐桌上，笑声不断。

大家有说有笑，等到回过神来，已经是凌晨两点了。

那天我在贝尔索二楼的房间留宿，第二天早晨又吃了美穗子夫人做的早饭。

"我仔细一想，昨天做的菜没有一样是他留下来的呢。"所以，这次她选了松田先生留下的菜谱。本来没有这个打算，但是身体仿佛会自己行动，于是周日早晨的餐桌上，就有了香肠、肉饼、意面，甚至麻婆豆腐。

曾经，他们一家人也在这张餐桌上吃饭。松田先生也为家人使用了最好的食材，做成最棒的料理。我想，贝尔索对松田先生来说，一定是家人的延续，所以他用关爱家人的心，为客人制作料理。

下午，美穗子夫人带我去看了乳银杏。光听发音，我以为是"父亲银杏"，没想到竟写作这几个字。据说那是一棵有几百年树龄的大银杏树，树干低垂变形，外形像老太太的乳房，因此得名。这棵树附近，还有甘甜的泉水。

美穗子夫人每天都会到这里来，祈祷当天也能制作美味的料理。我也跟着许了愿，希望贝尔索永远是幸福料理诞生的美好之地。没错，这是我由衷的愿望。

回到家后，我打开了美穗子夫人最后给我的便当盒。煎蛋丝上铺着厚厚的蒲烧鳗鱼——是鳗鱼饭。

我一边吃饭，一边止不住地流泪。松田先生虽然不在了，但是他的精神依旧留在这里。松田先生的料理，深深镌刻在我的身体里。

此生能吃到松田先生的料理，我真是个幸福的人。

吃饭时，我又试着想象美穗子夫人的心情。如果换成我，一定坚持不下来。可是，松田先生的家人齐心协力，撑过了那段暴风雨般严酷的岁月。那一定依赖松田先生生前给予家人的强大力量。所以，美穗子夫人和明奈小姐现在才能露出真诚的笑容。

松田先生，谢谢你。

我很尊敬你，也很喜欢你。

因此，我要将这本书献给松田先生。

同时，我也希望松田先生能在遥远的地方，温暖地守护着书中登场的人。当然，也请你好好注视着美穗子夫人的料理哦。如果有时间，也希望你能看看我。那样我会很高兴的。

各位同心协力让这本书诞生的人，请接受我由衷的感谢。还有捧起这本书的读者，希望你们也能遇到小小的幸福！

二〇一三年初夏

小川糸　写于镰仓家中

本书摄影

鸟巢佑有子

松村隆史（p.14、p.18）

三木匡宏（p.38、p.39）

Kitchen Minoru（p.60、p.63、p.154、p.157）

阿部雄介（p.70、p.73）

木寺纪雄（p.138）

武藤奈绪美（p.146、p.149）